다
정
하
게

다정하게

초판 1쇄 발행 2016년 11월 25일
초판 6쇄 발행 2019년 1월 30일

지은이 흔글

발행인 장상진
발행처 (주)경향비피
등록번호 제2012-000228호
등록일자 2012년 7월 2일

주소 서울시 영등포구 양평동 2가 37-1번지 동아프라임밸리 507-508호
전화 1644-5613 | **팩스** 02) 304-5613

© 흔글

ISBN 978-89-6952-137-8 03810

다정하게

흐늘 지음

나의 삶을 스쳐간 많은 순간들이 말한다.
사람과 사랑에게 다정함으로 기억되고 싶다면
당신의 마음 한 편을 내어줄 수 있어야 한다고…

경향BP

/ 다정하게

다정함이라는 건
그 사람을 생각하는 시간, 공간, 모든 것이다.
함께 알고 지낸 시간을 간직하는 것.

나의 시간을 나누고
나의 마음을 전하고

적절한 때에 적절한 말들로
서로의 삶에 있어주고
마음을 황홀하게 만드는

말 하나로 함께 있는 공간의
온도를 따뜻하게 하는 것.

걱정할 틈도 없이 내내 따뜻하게
사랑스럽게 대해주는 것.

언제나 다정한 사람으로 기억되고 싶다.

걱정 말라는 말이 굳이 필요가 없도록
내내 다정하게.

다정한, 다정하지 않은
이야기들

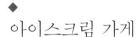

아이스크림 가게

아이스크림 가게에 들어갔더니 어떤 커플이 보였다. 하늘에 달이
떠 있는 어둑한 저녁, 여자 혼자 아이스크림을 고르고 있었다.

"아이스크림 같이 고르면 안 돼? 매번 혼자 고르는 거 지쳐."

여자가 말하는 게 뭔가 안쓰러워 보였다. 남자가 여자에게 '네
가 좋아하는 거 마음껏 다 시켜, 네가 먹고 싶다면 내가 다 사줄
게!' 이런 느낌으로 여자에게 기분 좋은 선택권을 준 게 아니라
그냥 그 순간을 포기해버린 것 같은 느낌이었다.

결국 그 가게는 여자 혼자 관계를 붙잡고 있는 듯한 공기로 가
득찼다. 남자는 여자의 허기를 채울 게 아니라, 공허한 마음을
신경써줬어야 했다. 그때 그 순간이 얼마나 아름다울 수 있었는
지, 정말 모르고 있을까.

"우리 뭐 먹을까?", "얘가 좋아하는 걸로 다 주세요"라는 우스운 농담만으로도 길가에 핀 꽃들마저 그 커플을 부러워하게 만들 수 있었을 텐데.

사랑은 함께하는 것, 그걸 알았더라면 좋았을 텐데.

그러니까

우리는 평범한 사람이었다.
최선을 다해서 사랑도 하고
또 이해할 수 없는 것들로 상처를 받기도 하고.

그때 너에게 유난히 상처를 많이 받았었는데
겪어내다 보니 상처에도 무감각한 사람이 되더라.

변하지 않을 것 같던 내가 참 많이 달라졌어.

네가 나를 아프게 하면 예전의 나는 울었겠지만,
지금은 그냥 한 번 아파하고 말자는 마음인 거야.

감춰야
드러나는 것

내가 살아오면서 정말 매력적이라고 생각했던 사람들의 공통점
이 있다.
그건 아주 조금의 신비로움.

사람에게 신비로움이란 물음표를 자꾸 던지게 만드는 힘이다.
나에 대해 상상할 수밖에 없게 만드는 매력.

내가 좋아하는 영화 〈비긴 어게인〉에서도 나왔던 이야기인데
사람은 상상할 수 있을 때 이루 말할 수 없이 매력적이라는 것.

행복

언제까지 잘 수 있을까
계산하지 않아도 될 때.

일생의 반을 잠으로 보내는 게 사람인데도
나는 그게 참 행복하다.

침대

침대에 누워 생각 정리만
벌써 몇 시간.
혼자서만 놓지 못하는
사실은 다 정리된 이야기.

술

나는 술을 못한다.
못하는 건 아닌데 못한다.

가끔은 맥주 한 모금만 마셔도 얼굴이 빨갛게 변하고
500cc를 마시면 피곤함이 몰려온다.

그래서일까 사람을 술로 만나게 되는 일이 없다.
나는 그게 참 좋은 것 같다.

어쩌면 합리화일지도 모르겠지만.

카메라

2016년 5월에 『무너지지만 말아』를 출판하면서 책 속에 사진을 넣고 싶었다. 그런데 마땅히 찍어 놓은 사진도 없고, 그마저도 핸드폰으로 찍은 것들이라 상태가 좋지 않았다. 그러다가 초등학교, 중학교를 함께 다녔던 동창이 필름사진을 찍는 것이 기억나서 어찌어찌 부탁한 결과, 결국 내 책에 그 친구가 찍은 사진들을 넣게 되었는데, 아마 그 이후로 아날로그 느낌이 나는 필름사진에 조금씩 빠지게 되었다.

사실은 그때까지만 해도 필름카메라에 대해서 잘은 몰랐는데, 한 번도 다뤄본 적이 없는 기계였고, 필름을 넣는 것조차도 내게는 너무 어려운 숙제였다. 하지만 한 번 매력을 느낀 나는 며칠 뒤 필름카메라를 덜컥 중고로 사버렸다. 집에 있는 DSLR은 이미 계륵 같은 존재가 되어 있었는데도 말이다.

필름카메라에 대한 정보를 하나 둘, 수집하다 보니 첫 롤은 막 찍어도 된다는 이야기가 있어서 무작정 집에 있는 것들을 향해 셔터를 눌렀다.

초점이 맞는지 아니면 안 맞는지. 빛이 적절한지 아닌지. 가만히 있는 사물도 찍기 어려운데 움직이는 것들은 어떻게 잘 찍을 수 있을지 고민도 하지 않은 채, 나의 반려견에게 앉으라고 한 다음 사진을 찍기도 하고, 가만히 낮잠을 자고 있는 엄마의 모습을 기록해두려고 몰래 사진을 찍기도 했다. 처음 하는 것이라 그런지 무모하고 과감한 셔터질이었다.

우여곡절 끝에 36장의 필름을 사용한 나는 사진관에 가서 필름 스캔을 부탁했다. 스캔 가격은 5,500원. 나는 필름 한 롤을 기록할 때마다 대충 10,000원을 내는 셈이었지만 뭐 달리 바쁜 일이 없었고 심심한 일상을 보내고 있던 중이라 기쁘고 돈이 아깝지도 않았다.

하루가 지나니 이메일로 스캔이 완료된 사진이 도착했다. 마치 일곱 살 때, 우리 집 아래층에 살던 친구 아버님이 산타 복장을 하고 나눠주신 크리스마스 선물을 열기 전처럼 두근거렸다. 아마, 얼마나 망했을까 하는 두려움 때문이었던 것 같다.

두근거리는 마음을 애써 누르고 파일의 압축을 풀었는데 그 속에는 의외로 괜찮은 사진이 가득했다. 처음이라는 수식어를 계속 생각해서일까 다소 무모했던 촬영이 대부분이었지만 빛이 도와준 건지, 아니면 그 순간을 포착하고 싶던 내 마음이 도와준 건지, 생각보다 결과물이 좋아서 그 이후로 나는 순간을 담는 일에 더 몰두하게 되었다.

나는 앞으로도 내가 사랑하는 것들을 기록하고 담고 싶다.

'남는 건 사진이다'라는 말은 어쩌면 살아가면서 기억하고 되새겨야 할 것들이 너무나 많기에 사진을 보며 까먹지 말라고 하는 말이 아닐까.

자신

나는 내가 가진 모든 걸 잃어도
너를 사랑할 마음으로 산다.
너는 꿈에 그리던 것들을 얻어도
나를 떠나지 않을 자신이 있느냐.

당신과의 바다

여행 갈 곳을 정하고 일상에 잠시 미뤄둔 다음
이제는 계획을 짜야 할 것 같은 압박감이 밀려오면
카페에 앉아 음료를 시키고 가고 싶은 곳들을 적어내려.
그리고 그곳에 도착한 우리를 상상하며 시간을 나누지.
바다는 항상 옳아서 더 말할 것도 없어.
밤바다를 걷는 일은 사람 마음을 간지럽게 하거든.
그리고 2주 뒤 우리는 기차를 타고 떠나.
도착해서 밥을 먹고 짐을 풀다 보면
우리가 계획했던 길이 아닌 다른 길을 걷지.
섬을 보기로 했는데 바다 앞에 마주 앉아
서로의 얼굴을 보거나 노래를 듣거나 하지.
그렇지만 좋은 걸 예상했던 길이 아니어도 편한 걸.
당신과 걷는 모든 곳이 여행지라 뜻깊은 걸.
가지 못한 곳들이 잔뜩 쌓여도 후회스럽지 않지.
당신과 나는 끌리는 여행을 했거든.

역할

세상에는 사랑이 참 많다. 진심을 다해서 상대방을 좋아하는 사람도 있을 테고, 눈을 감고 열심히 상상해도 그 사람 얼굴이 흐릿하게 떠오를 만큼 절실하지 않은 사람도 있을 것이다.

내가 알고 지내던 사람이 딱 후자와 같았는데 "나는 그 사람을 정말로 좋아해서 사귀고 있는 게 아닌 것 같아. 그저 남자친구와 여자친구, 그렇게 역할이 나눠진 상황극 자체가 재미있어서 이 상황을 즐기고 있다고 해야 하나?"라고 말을 했었다.

이 말을 들은 나는 적잖이 충격이었는데, 세상은 내가 이해하고 사는 것보다 이해하지 못할 일들이 더 많았기에, '그냥 이런 사람도 있구나, 생각보다 이런 연애가 적지 않을 수도 있겠다'라고 생각했다.

단순히 사람이 좋아서, 그 사람을 상상하면 단번에 얼굴이 떠오를 만큼의 연애가 아니라도 그 상황이 위로가 된다면 충분히 그럴 수도 있겠다 하는 생각?

물론 내 사람은 이러지 않았으면 좋겠지만, 세상이 너무 어려워진 것 같아서 머리가 아팠다.

밤새

사람을 미워하는 일에
시간을 많이 쏟지 말걸.
순간 드는 감정을 못 이겨
밤새 뒤척이는 일을 만들지 말걸.

Q&A

Q. 좋아하는 여자가 있는데 얘도 저한테 호감이 있는 거 같은데 카톡으로 사귀자고 하는 게 좋을까요, 만나서 말하는 게 좋을까요?

A. 직접 만나서 해봐요. 세상을 빌려서 길거리도 좀 걷고, 바람도 좀 쐬고, 길가에 핀 꽃에게 미안해하면서 한 움큼 꺾어다가 그녀에게 주며 좋아한다고 말하면 좋잖아요. 손이 너무 예뻐서 앞으로도 계속 잡고 싶고, 예쁜 것만 주고 싶다고. 좋아하는 사람과 환상적인 사랑을 나눌지도 모르는데, 시작이 아름다우면 얼마나 좋아요.

비

가만히 네 얘기를 듣는데 비가 오더라고. 너는 세상에서 가장 잔인한 말을 하고 있는데 나는 네가 젖지 않을까 하는 걱정이나 하고 있었어. 우리 둘은 그렇게 달랐던 거야.

산책

사랑에 실패했다고 해서
누군가를 마음에 담는 일이 두려워졌다고 해서
다가오는 그 많은 여운이 무서워졌다고 해서
너를 위해 비 몇 방울, 바람 몇 겹을 대신 맞아줄 사람이 없는 것
이 아님을.
네가 좋아하는 계절에 살고 싶고, 마음을 산책하고 싶어 하고,
너의 손을 언제 잡을까 타이밍을 계산하는 순간이
평생 최대의 고민인 사람도 분명히 있다는 것.

소심

초등학교를 다닐 때 나는 굉장히 소심했다. 그때 나름 좋아했던 여자애가 있었는데, 네가 좋다고 문자로 고백을 했다. 만나서 얼굴을 보고 좋다는 말을 하는 건 상상도 못할 일이었고, 자판을 두드리는 일만으로도 충분히 부끄러웠다. 그 여자아이는 내 고백을 받아주었는데, 정말 큰 문제는 따로 있었다.

'여자친구를 복도에서 마주쳐도 인사를 못하다니.'

지금 생각해보면 왜 그랬나 싶다. 안녕이라고 말도 못 붙이면서 좋다고 고백은 어떻게 했었는지, 내 친구들은 여자친구와 말도 잘 하는데 나는 왜 인사도 제대로 못하고 그냥 지나쳤는지. 스스로 너무 부끄러웠다.

물론, 지금 나는 완전히 다르다. 지금도 낯가림은 조금 있는 편이지만 처음 만나는 사람들 앞에서 제법 말도 잘하고, 조금 능글거리는 모습을 보이기도 한다.

초등학교 때의 나였다면 상상도 못할 일들이 많다. 도대체 어떻게 그렇게 됐냐고? 이 모든 건 그저 작은 결심이었다. 아니, 스스로에게 선전포고를 했다.

'그래, 철판을 깔아보자. 여자친구한테 인사도 못하는 남자가 되기는 싫어.'

그날 이후로 나는 조금 많이 달라졌다. 그래봤자 복도에서 마주
치면 "어, 안녕." 하고 반에 들어가서 부끄러워하는 게 현실이었
지만 하는 것과 하지 않는 것의 차이는 정말 컸다.

그래서 나는 초등학교 때의 경험이 너무 값지다.
철판을 깔면 되는 게 생각보다 많다는 걸 알게 돼서.

쓸데없는 생각

나는 사람을 만나면 쓸데없는 생각을 자주 한다. 물론 상대방의 이야기를 들을 때는 집중을 해야 한다는 게 나의 신념이지만 간혹 이런 나도 한눈을 판다.

어느 여름날, 집 앞 하천에서 아는 누나의 이별 이야기를 듣고 있었다. 이야기에 한창 집중하고 있었는데 내 시야의 오른쪽 끝에서 자꾸만 뭔가 빠르게 움직였다.

'저게 뭐지, 설마 쥐인가?'

맞다, 쥐였다. 사실은 나는 벌레와 쥐 같은 걸 무서워한다. 하지만 햄스터와 메뚜기는 무서워하지 않는데 귀뚜라미는 싫다. 그런데 내 옆에 있는 이 누나는 비둘기도 무서워하는 사람이라 나는 그 누나의 눈을 보고 있으면서도 내 시야의 오른쪽에 온 신경을 집중했다.

'절대 누나가 고개를 돌리게 해서는 안 돼.'

나는 누나의 시선을 묶어둬야 한다고 생각했다. 그래서 눈을 부담스러울 정도로 쳐다보기도 하고 나에게서 눈을 못 떼게 만들려고 일부러 과자 봉지를 부스럭거리기도 했다. 이런 혼자만의 노력을 알아서일까, 누나는 다행히도 그 쥐한테 시선을 돌리지 않았다. 한두 마리가 아니었던 쥐들이 누나의 발과 나의 발을 타고 올라오는 일을 상상하면 지금도 너무 끔찍하다.

나 같은 사람이 분명히 있을 것이다. 쓸데없이 남을 지켜주고 싶어 하고, 남이 싫어하는 것을 피하게 해주고 싶은 사람. 내 취향의 영화를 볼 때도 쇼핑할 때도 이 사람이 재미있어하지 않으면 어쩌지, 지루하면 어쩌지, 계속해서 무언가를 걱정하는 사람.

요즘은 아는 사람을 만날 때만 그러는 게 아니라, 가끔 피곤하더라도 모든 인간관계에서 조금은 손해를 봐야 비로소 안정을 느끼는 이 이상한 기질이 냉혈한보다는 더 낫다고 생각한다.

연습

사실 나는 커피를 잘 못 마신다. 물론, 달달한 커피는 잘 마시지만 내가 정의하는 커피는 조금 쓴 커피(아메리카노)다. 나는 예전부터 커피숍에 가면 초콜릿이 들어간 시원한 음료를 먹었고, 그게 아닌 날에는 마키아토 같은 달달한 것들을 주로 마셨는데 요즘은 아메리카노를 마시려고 노력 중이다.

쓴 맛을 알게 되면 어른이 되는 거라는 착각에 살아서 그런 것 같다.

그런데 아직까지는 쓰기만 하다.

최악

살면서 가장 최악을 겪은 사람은 누굴까, 문득 든 생각에 쉽게 답을 내리지 못한다. 사랑하는 식구를 잃은 사람? 최악이다. 내가 사랑하는 사람이 다른 사람과 사랑하게 되는 일? 최악이다. 평생을 운동하면서 지냈는데, 다시 복귀할 수 없을 만큼의 부상을 얻은 운동선수? 최악이다. 이렇게 간단히 생각만 해도 최악이 많은데, 이 중에서 가장 최악은 뭘까. 누가 가장 부서질 듯한 고통을 느끼고, 살아가기 힘들 만큼 숨이 막힐까.

모두가 아파한다면 모두를 위로할 방법은 없을까.

우리 혹여나 적당히 아프지 않고 세계가 흔들릴 정도로 크게 앓는다고 해도 아픈 사람끼리 조금은 안아주기로 하자. 그러면 서로가 아픔이라도 서로에게 위로를 얻을 수 있을 것이다. 원래 아픔을 아는 사람이 위로하는 방법도 알 테니. 나는 나보다 최악인 사람에게 위로를 건넬 것이다. 나보다 최악이 아닌 사람에게도.

어린 마음

사람은 놓치면 알게 된다. 그 사람을 나보다 더 사랑해줄 사람은 어디에나 있다고. 그걸 반박할 수 있을 때는 그 사람과 사랑하고 있을 때, 온전히 그때밖에 없다고. 뒤늦게 후회해봤자 버스를 타고 지나간 사람은 잡을 수가 없고, 내가 택시를 타고 빠른 속도로 달려서 그 사람보다 더 나은 위치에 서서 붙잡는다고 해도 마음은 그렇게 쉽게 돌려지는 게 아니라는 것을.

있을 때 잘해야 한다는 말이 맞다. 아무리 말해도, 지겹게 들어도 어려운 말이고 실천하기 어려운 행동이지만 그게 사실이고 그게 아픔을 벗어날 수 있는 길이니 나는 다시 한 번 각인시키려 한다.

그 사람은 내가 더 나은 사람이 되어서 나타나는 걸 바라는 게 아니다. 내가 성공을 해서 잡아주길 바라는 게 아니다. 그 사람은 내가 자신의 곁에 있을 때 빛이 나기를 바란다.

나는 어린 마음에 그걸 몰랐다. 그저 헤어진 후에도 내가 빛이
나면 뒤돌아볼 줄 알았다.
마음은 그렇게 단순한 게 아닌데.

바다

나는 바다가 좋다. 처음으로 가족들과 놀러간 제주도에서 날씨가 덥다는 이유로 엄마에게 짜증을 냈던 내 모습이 떠오른다. 엄마가 신발을 벗고 바다에 발 좀 담그라고 했을 때 '그런 걸 왜 해? 모래 닦아내기 귀찮은데'라고 생각했던 어린 날의 내가 밉다.

한참 후에 발을 담그고는 시원하다며, 바다가 참 예쁘다며 사진을 찍었던 또 다른 내가 있었기에 밉다.

즐겁게 놀러간 여행에서 더위 따위로 감정을 상하게 만드는 일이 얼마나 쓸모없는 일인지, 어린 날의 나에게 말해주고 싶다.

'너, 커서 후회해.'

근데 아무리 말해도 그때는 몰랐을 거다.

엄마

가끔 엄마를 보면 몰래 사진을 찍는다. 동영상으로 남겨 놓기도
한다. 나중에 상상으로만 얼굴을 그리는 일이 없게 밥 먹는 모
습, 자는 모습, 그냥 사진에 담는다. 뭉클함은 덤이다.

사람을 보는 시간이 정해져 있다는 게 슬프다.

강아지

강아지가 생기면 식구들이 달라진다.

물론 내가 밥을 먹었는지, 안 먹었는지는 더 이상 중요한 일이
아닌 게 되지만 부모님이 나에게 주던 사랑이 얼마나 다정했는
지, 강아지를 대하는 부모님의 모습을 보면 알게 된다.

사실은 그것보다 더 다정하셨을 텐데,
바라만 보아도 기억나지 않는 어린 시절이 펼쳐진다.

눈

"나는 우리 집 골목에서 내리던 눈을 아직도 기억해. 함박눈이었는데 진짜 느리게 내리더라. 시간이 천천히 흐르는 것 같았어."

- "이런 대화가 진짜 있다니."

"나는 그때부터 행복한 순간은 시간이 느리다고 말해. 시간이 빠르게 흘러가는 게 아니고 진짜 느려. 그 눈을 또 보고 싶다."

- "이번 겨울에 또 내릴 거야. 벌써 여름 지나간 기분이네."

그 밤

나는 당신의 문장 속에 살고 싶었죠. 당신이 나보다 더 큰 세계를 가지고 있을 거라고 확신할 만큼. 어떻게 하면 저런 말을 할 수 있을까 놀라웠죠. 우리가 같은 계절을 사는 게 정말 맞을까 싶을 정도로 나는 당신의 말 하나하나에 살았고, 또 눈이 멀었죠. 당신은 모르겠죠, 당신의 이름을 부르는 일이 숫자 몇 개를 더하는 것처럼 쉬워 보이기만 해도 사실은 그렇지 않다는 것을요. 당신을 겪겠다고 생각했을 때 그제서야 겨우 겨우 불러진다는 것을요.

어딘가로 여행을 떠나고 싶어서 여행지를 살펴보다 보면 당신이 사는 곳이 가장 먼저 궁금해져요. 나는 당신이 바라보는 시선 속에 살고 싶어요. 그 시선 안에 내가 있기를 바라요. 숲에서 기다릴게요.

간격

저질렀다면 후회하지 말고
건너왔다면 뒤돌아보지 말고
사람과의 간격이라는 걸
절대로 애매하게 하지 말고.

소란스러웠던 마음에게

쓰러지기를 자처했던 밤들아,

며칠 잃던 소리에

잠 못 이루던 나의 이웃들아.

이제는 적막뿐인 고통도 끝이 났다.

긴 아픔의 끝은 새로운 사랑의 시작이다.

너와 나 사이를 여행하며 거닐고 싶다.

영원한 것처럼 영영 잠기다 빠져 죽고 싶다.

네 손이 예쁘다는 이유로, 하루 종일 우리를 놓지 않고 싶다.

지나치기 전 너의 아름다움을 기억해야지.

소란스러웠던 마음아,

너를 잠재울 듯 다가오는 그 사람이 있어서 끝이 났다.

영원

사람이 사는 것이 있지,
잠을 자다가도 깨어나고
깨어나고도 자는 것이더라.
확실한 게 없다는 말이다.

네 상처가 영원할 일도.

우산

우산이 마른 줄도 모르고 우산을 쓰고, 비가 내리지도 않는데 우산 밑을 걸어요. 그대도 그렇죠. 사랑은 끝이 나려 하는데 아직도 누군가를 끊어내지 못하고, 이미 끝난 사랑 앞에서 서성이죠. 다시 닿을 수 있을까 하고.

권태

권태로운 마음이 올 때면 옷처럼 잠시 벽에 걸어두어라.

곱게 개어 접어두기도 하고, 주름 잡힌 면들을 펴보기도 하라.

사랑은 잠시 잃어버린 꿈이란다.

누군가의 황홀을 훔치는 일, 그 마음을 가져다 행복을 사는 일.

그런 일들을 저질렀다면 감당할 수는 있어야 하지 않겠니.

그러니 그런 마음이 들 때면 뭐라도 하라.

가만히 이별을 느끼는 일은 없게 하자.

팔이 안으로 굽는 시야로 사랑을 하고,

뒤돌아버린 등 뒤에 사랑한다고 속삭여도 보아라.

울먹여도 좋고, 울상지어도 예쁠 거다.

권태로운 너지만 여전히 아름다운 사람이란다.

꿈

꿈이었나, 꿈이었다. 그 정도로 생생했다.

일어나 메모장을 열 정도로 붙잡아두고 싶은 꿈이었다.

붙잡고 붙잡아도 가지고 싶어지는 꿈이어서 일단은 최대한

기억해놓기로 했다. 네가 꿈에 나오면 이렇게 된다.

차라리 그냥 겪게 해줬으면 좋겠다.

격자

나의 격자 안에 들어와도 어색해하지 않는 사람이면 좋겠다.
사진 찍는 걸 부담스러워하지 않고, 자연스럽게 웃어주는 당신
의 모습을 빌려다 풍경을 찍으면 얼마나 아름다울까, 나도 감히
가늠할 수 없다.

여행을 좋아하는 사람이었으면 좋겠다.
말로만 세계를 돌아다니고 전국을 헤엄치는 사람이 아니라,
무거운 배낭을 어깨에 메고 걸으면서도
입꼬리를 귀에다 거는 그런 밝은 사람.
혼자만의 계획이 되지 않게 둘이서 함께 골목 하나하나 알아보
는 그런 사람과 여행을 하고 싶다.

사사로운 감정에 흔들리는 사람은 아니지만 그것을 모두 느낄 줄 아는 사람이었으면 좋겠다. 각박한 세상을 살다가 너무 이성적인 사람을 보면 더 차갑게 느껴져서 나는 전부터 조금 감정적인 사람을 좋아했다. 하지만 감정에만 치우친 사람은 아니었으면 좋겠다. 애초에 그 간격은 너무나 멀지만.

흔들려야 할 감정이 무엇인지를 아는 사람.
난 그게 참 어렵기에, 그런 사람을 만나 배워보고 싶다.

불필요한 자존심이 없는 사람이었으면 좋겠다. 사랑은 게임처럼 이기고 지는 게 아니다. 어떻게 보면 퍼즐 같은 거라고 볼 수 있다. 하나하나 맞춰가는 거다. 다른 조각을 끼울 수도 있고, 그림이 완성되지 않을 때도 있지만 서로 다르게 노력해서 맞춰가는 것처럼 사랑은 이기고 지는 것이 아니다. 맞춰가는 것이다.

마지막으로는 사실이 아닌 말들을 내뱉는 사람이 아니었으면
좋겠다.
무슨 말이 필요할까, 거짓이 없는 사랑.

나를 만나기 전에는 모르겠지만
나를 만난 뒤부터는 평생을 거짓 없이 살기를 바란다.

사진첩

사랑은 사진이 빛이 바랬다고 새로운 사진을 찍는 게 아니라 우리 이렇게 오래 만났구나 하고 그 사진을 오래오래 간직하는 것이고, 사랑은 음식이 식었다고 새로운 음식을 시키는 게 아니라 그 음식에 다시 따뜻함을 불어 넣는 일이다. 사랑은 갈아치울 수 있는 부품 같은 게 아니다. 기계에서는 어느 부분이 고장 나면 간편히 교체할 수 있지만, 사랑은 그럴 수가 없는 것이다.

나는 사랑하는 사람과 마음껏 사진을 찍지 못해서 아쉬움이 남았던 적이 있어서 이제는 그것이 얼마나 중요한 흔적이 될지 잘 안다.

기록하지 않으면 순간은 스쳐가고, 스쳐간 순간들은 점점 바래진다. 뒤늦게 사진첩을 뒤적거렸는데 그때 그 순간이 없다면 그 허무함은 말로 표현할 수 없을 만큼 클 테니, 우리 사진을 찍자.

사랑하는 동안은 그 순간을 버리지 말자. 색이 조금 바래도 그건, 나의 순간이니까.

우체국

그러니까 오전 10시쯤에 우체국에 들렀다가 필름을 스캔하러 사진관에 다녀오는 길이었다. 도림천을 지나 신호에 걸린 횡단보도 앞에 서 있다가 옆에 계신 할머니와 우연히 시선이 닿았다. 더운 날씨를 좋아하는 편은 아니었지만 할머니가 웃으셔서 나도 따라 미소를 지었다. 그러자 할머니가 말을 건네셨다.

"맛있는 거 많이 먹어, 학생."

젊을 때 많이 먹어두라고 늙으면 입맛도 없어져서 생각이 안 난다고, 우리 때는 많이 어려웠지만 학생은 그래도 괜찮지 않냐고. 웃으면서 눈을 바라보며 얘기를 해주시는데 '아, 오늘은 더운 날씨가 아니라 따뜻한 날씨구나.' 싶었다.

"할머니는 여전히 젊어보이시는데요?"라며 괜한 너스레로 답을 했지만, 조금 뭉클하기도 했다. 부모님도 나도 그렇게 될까 하고.

통과

나는 그 사람의 전부를 겪은 것 같았는데,
바라만 보다가 지나쳤다는 말을 썼어.
그대를 지나가지 않았는데 길이 끊겼어.
스치지도 못했는데, 지나쳤어.
유난히 별이 우는 것 같은 밤이었지.

미련

놓아야 할 것들에는 미련을 품고
해야 할 것들에는 소홀한 밤이다.

조문

가슴은 잠시 밀어놓고 한편에서 실컷 소리를 낸다.
모두가 주저앉는 밤에 몇 명의 억장이 넘어지고야 만다.
삶이라는 것에 허무를 느끼고,
살아 있는 사람들은 마음껏 울어주니
문상을 다녀간 여러 사람들의 각기 다른 추억이 살아난다.
그 후 조용히 우는 방 안에 순진한 어린아이는
신난 듯 웃으며 적막을 잠시 가린다.
한 사람의 삶이 끝났다는 것의 심각성을 그다지 모른 채
그 웃음으로 어둡던 방을 밝힌다.
고장 났던 등에 불이 들어온다.

고독

추상적인 사랑은 하지 않는 게 좋아. 세상에는 네가 바라는 완벽한 사람이 없어. 누구나 다 약점이 있기 마련이거든. 시간이 지나면 보이게 될지도 모르겠다.

그 사람의 좋은 점이 아니라 싫은 점만 보이는 순간이 올 수도 있어. 그래도 명심해라. 너도 다른 사람들과 다를 바 없는 사람이야.

네가 소중하게 대하지 않는 인연이라면 그 사람도 너를 소중하게 생각하지 않을 가능성이 높아. 세상에 일방적인 관계는 많지만, 일방적으로 행복한 쪽은 항상 내 쪽이 아니거든.

사랑을 할 때는 사랑만 하는 게 좋아. 계산에 치우친 사랑으로는 감정이 없는 싸움만 반복하게 돼. 외로움에 지쳐 사람을 만나지도 마라. 외로움에 무뎌질 때 다가오는 사람을 만나도록 해.

배고플 때 급하게 먹으면 체하는 것처럼 이별 후에도 공백을 가지는 게 좋아.

급하게 시간을 보내려고 하면 이리저리 꼬이게 돼. 처음에는 다 어려운 법이야. 사랑도, 이별도 다 똑같지. 나중에 가면 알게 될 거야.

고독에 필요한 건 사랑이 아니라 고독인 것을. 슬픔에 필요한 건 웃음이 아니라 슬픔인 것을. 더 웃긴 건 이런 걸 알고 있어도 슬프고 고독하다는 것이지. 느끼며 살아야 해. 절대 피할 수 없는 것들이니까.

떠나간 뒤에

뭐하고 있니.

나는 사랑.

나는 뭐할 거 같아.

나를 사랑.

◆ 결혼

"엄마는 배불러, 너 많이 먹어.", "아빠랑 목욕탕 갈까."

조금 더 맛있는 음식, 몸에 딱 맞는 옷. 그리고 넉넉한 여유도 주고 싶은 부모의 맘이란 어떠할까. 사랑하는 사람과 눈부신 미래를 약속하던 날, 그 후 태어난 딸과 아들이 커서 누군가와 결혼을 한다면 그 기분은 과연 어떠할까. 사랑을 알아서 더 슬프고, 고생을 알아서 마음 아프고, 지금껏 잘 자라줘서 고맙고, 눈부심에 감격해 눈물 훔치는 부모의 마음이란 몇 방울 눈물로 형용할수 없으리. 계절이 지나 바람이 떨어지는 날에 잔뜩 꾸며진 모습을 씻어내고 엄마라는 이름이 되어갈 자식의 마음을 이해하기에, 잘 알기에.
오늘 덜 울고 더 웃자고, 부모는 자식의 시선을 애써 외면하며 오늘 밤 열심히 피웠던 꽃을 잠시 옮겨 심었다.

꽃이 있던 자리도 옮겨진 꽃도 우는 밤이었다.

우주

별을 잃어버린 사람처럼
나는 왜 우주에서 헤매고 있나.
바람 하나 없는 우주에서
나는 왜 바람을 느껴서,
하필 너라는 사람을 겪어서.

황홀

골목에 한참 서 있으면 당신이 온다.
저 멀리서 바람과 함께 걸으며
그렇게 황홀을 설명하며 온다.

나를

가벼울 거라 믿을 거죠. 아무리 대단한 마음을 품고 있어도
나를 가볍다고 생각할 거죠.
내가 그대를 쉴 새 없이 사랑하고 있다 해도
의심의 눈으로 날 저 멀리에 둘 거죠.
나는 단지 마음만 말했을 뿐인데, 미리 겁먹고 도망갈 거죠.
잡으러 간다 하면 잡혀줄 거면서 또 잡으면 울어버릴 거죠.
멀리에 있으라는 얘기죠, 내 마음을 가볍게 보는 건.

◆ 낭만의 밤

낭만의 밤을 선물하고 싶었다. 달이 떠 있는 시간부터 아침의 일출을 볼 때까지 속삭이던 시간들이 좋았다. 간혹 길거리에서 예쁜 것들을 마주하면 사진으로 공유하는 사소함도 마음에 들었다. 각각의 예쁜 것들은 서로 아름답겠다 난리였지만 내 눈에는 그저 다 예뻐 보였다.

감정을 고민하던 순간들도 밤을 설명하던 문장들도, 기필코 대단한 사람이 되어주고 싶다는 다짐들도 다 너이기에 가능했던 것이었다. 비가 내리는 날에는 조금의 빗방울이 되어, 눈이 내리는 날에는 조금의 눈이 되어 어딘가에 아니, 네 주변에 내리고 싶었다.

다가오는 계절에는 또 어떤 이유로 너의 주변에 머무를 수 있을까. 핑계를 생각해야 할 밤이다.

세상

너를 보고 난 뒤부터는
세상이 넓지 않아도 괜찮겠다 싶었다.
우리를 감쌀 정도의 세상만 있다 해도
참 사랑스럽겠다 생각했다.
굳이 다른 나라를 여행하지 않아도
황홀할 거라 확신했다.
너를 보고 나서 그랬다.

◆ 전화

그날은 왠지 잠이 안 오던 새벽이었지.
겨우 잠든 나에게 걸려온 너의 전화를
눈을 비비며 겨우 받았을 때
너는 울면서 이렇게 말했어.

"나 자꾸 전에 사랑하던 사람이 생각나."

등

내가 사랑하는 곳마다
무언가가 죽어난다.
마음을 드러내기만 해도
꽃들은 스스로 지고 만다.

내가 사랑을 해서는 안 될 것 같다.
가만히 있는 사람을 지게 만드는
내가 너를 사랑해서는 안 될 것 같다.

혼자인 당신을, 들썩거리며 우는 등을 보면서도
아, 남의 일이구나 생각해야 한다.

내가 감당하지 못하는 일이
그대를 건드리는 것이 되었다.

아, 끔찍하다. 마음을 조절할 수 없다.

고장 난 수도꼭지처럼
쏟아져 나오는 것들을
추억이라 말한 뒤
물을 내린다.

버려지는 게 한참이다.

후자의 사람

나는 길을 가다 가끔씩 멈춰서 하늘을 찍는다. 알록달록한 화분이 옹기종기 있어도 사진을 찍고, 이런 장면을 다시는 못 볼 것 같을 때 주로 사진을 찍는다. 그렇게 하늘에 빠져 카메라로 가만히 담고 있노라면 나와 동행하는 사람은 두 부류로 나뉘게 되는데, 먼저 길을 가는 사람, 그런 나를 찍는 사람이다.

나는 주로 후자의 사람에게 끌리고.

칭찬

어느 날 술자리에서 개인적으로 알고 지낸 지 19년 된 친구를 칭찬할 때가 있었는데, 내가 고민 끝에 어렵게 내뱉은 말은 "무난한 사람이야"였다. 지나고 나서 보니 그때 내가 칭찬을 제대로 못했다고 생각했는데, 며칠을 생각해보니 꽤 괜찮은 칭찬이었던 것 같았다.

"어쩌면 정말로 무난해서 이렇게 오래 곁에 있는지도 모르지."
나도 자극적이지 않은 사람이 되어야겠다고 다짐했다.

행복한 슬픔

'행복한 슬픔', 영화 〈싱 스트리트〉에서 나온 명대사. 내 가슴에 한참을 머무르던 말이다. 슬픔을 아는 사람들은 가끔 우울을 즐기기도 한다. 나 또한 상처를 받던 시절엔 상처가 끊기면 오히려 불안해하던 마음이었다. 계속되는 슬픔을 미워할 수가 없었다. 손해 보는 관계라는 걸 알면서도 좋으니까 유지했던 적이 많았던 거다. 행복한 슬픔도 결국엔 슬픈 것이라, 나를 아프게 만들었지만 그때 느낀 것들을 미워할 수는 없다. 그 순간들이 아니었다면 '행복한 슬픔이 뭘까'라고 한참을 생각해도 몰랐을 테니까.

최근에 가장 많이 듣고 있는 가수 박새별이 부른 '사랑이 우릴 다시 만나게 한다면'. 나는 이 노래를 들으면서 내가 생각하는 행복한 슬픔과 가장 가깝다고 느꼈다. 한참을 듣고 들었고, 일주일을 이 노래로 산 적도 있다. 라이브 영상을 보면 그 여운은 배가된다.

웃으면서 슬픔을 말하는데, 슬프기도 하지만 행복하기도 하다. 행복한 슬픔이라는 감정을 몰랐다면 아마 평생을 느끼지 못했을 거다.

여행

여행을 가려고 준비를 하다 보면 생각보다 챙겨야 할 게 참 많다는 걸 느끼게 된다. 여행 중에 입을 옷들은 물론이고 세안도구, 양말, 여행 중 도움을 주게 될 여러 가지의 물건들을 모두 가져가야 하는데 짐을 하나둘씩 채우다 보면 벌써 여행을 다녀온 것 같은 피로감이 느껴지기도 한다. 어렸을 때는 몰랐다. 부모님이 다 알아서 해주셨으니까.

근데 여름휴가를 한 번 계획해보니 국내로 가는 여행도 생각보다 간단한 게 아니구나 싶더라. 숙소만 따져도 위치, 시설 등 생각보다 신경 써야 할 게 참 많고 여행지를 둘러보는 코스, 가족들의 입맛을 책임질 음식점들. 고려해야 할 것투성이다. 여행을 가기도 전에 벌써 지쳐버린 것 같지만 아마, 그래도 괜찮지 않을까.

내가 생각하는 여행은 무거운 배낭을 들고서도 웃고, 밥을 제대로 못 먹어도 웃을 수 있는 거니까. 분명히 가서도 웃을 것이다. 조금 덥고 힘들어도, 몸이 지치는 여행이라고 해도 얼굴과 마음은 웃을 거다.

우리는 그래서 여행을 하니까.

감정

연애를 하면서 착각하는 것들이 있는데, 많은 사람들이 나의 감정, 상대방의 감정만 신경 쓰며 살아간다. 나의 감정을 신경 쓰는 사람들은 '나의 감정을 상하게 만드는 사람이라면 헤어지는 게 나아'라는 마음을 가지고 있는 게 대부분이고, 상대방의 감정을 신경 쓰는 사람들은 '내가 조금 불행해도 너만 행복하면 돼'라는 마음을 가지고 있다.

근데 이렇게 나의 감정과 상대방의 감정만 생각하다 보면 헤어지기 딱 좋은 관계가 되는데, 지금 사랑을 하고 있는 사람이라면 '우리의 감정'을 한 번 신경 써보도록 해라.

사랑은 평등해야 한다. 그리고 감정은 기울면 안 된다. 한쪽이 더 많이 사랑한다고 해도 그 사랑은 불행할 가능성이 크다.

하지만 그에 비해 '우리의 감정'이라는 것은 둘이 함께하는 감정이다. 같이 나아가는 방향을 가리키기도 하고, 둘의 관계를 설명하는 가장 좋은 척도가 되기도 한다.

혹여나 나의 감정이 상하고, 상대방의 감정이 상하는 일이 생기더라도 '우리의 감정'을 신경 쓰며 사랑하게 된다면 흔한 감정싸움이 아니라 관계에 대한 것들만 논하게 된다. 분명 좋았던 것 투성이었을 사랑의 시작을 떠올려보면, 사랑을 하고 있는 지금 불필요한 감정싸움이 무슨 의미가 있을까.

사랑하는 사이에 필요한 것은 '우리의 감정'에 대한 문제를 푸는 것이다. 그리고 그 과정에서 느끼는 모든 것들을 간직하고 써먹는 것이다. 그것들은 분명 세상을 사는 것에 있어 큰 도움이 되기도 한다. 어떻게 보면 사랑도 인간관계의 한 부분인 거니까.

비

비가 떨어지는 소리에
마음이 무너지는 걸 몰랐네요.
내가 빗소리에 취해 그저 웃을 때
그대가 내리는 비 뒤에서
숨죽여 우는 줄도 모르고.

나무

나무는 가만히 서 있으면서도
시간의 흐름을 느끼면서도
하염없이 흔들리고야 만다.

흔들리지 않으면
벚꽃이 비처럼 내릴 일도
유연하게 흔들리는 그늘을
바라볼 수 있는 일도
투명한 창을 앞에 두고
밖에 바람이 부는지 알 방법도 없다.

그러니 당신이 나무 같은 사람이기를 바란다.

흔들리는 것을 미워하지 마라.
흔들리면서 얻는 것들은 생각보다 많다.

옥오지애

당신을 품었던 것, 나는 그 일을 잊지 못한다. 나의 세계에 당신이 들어왔던 시점, 매우 설레고 벅찼던 그때 나의 마음은 당신을 견디기엔 너무 약하고 얕았다. 당신이 쓴 글을 읽으면 내가 알지 못하는 것투성이었고 그래서 당신의 곁에서 쉽게 겪을 수 없는 감정을, 아니 당신이 가진 상처의 이력을 흡수하고 싶은 마음이 컸다. 하지만 바라보면 바라볼수록, 관찰하면 관찰할수록 우리는 세계의 크기가 달랐고 내가 겪어온 상처와 당신의 상처는 차원이 달랐다. 내가 50을 아픔의 최고치라 여길 때 당신은 100을 겪어놓고 괜찮아했다.

그래서일까 당신을 이해하기 힘들었다. 외로움을 모르는 것, 심심함을 견딜 줄 아는 것, 그리고 이상한 매력을 가지고 있는 것. 잠을 자면 하루를 꼬박 잘 정도로 깊게, 오래 잠들면서 항상 두 시간만 자고 오겠다며 말하던 습관, 스스로를 무섭게 설명했는데도 불구하고 내가 당신을 달달하게 바라보게 하는 것.

시간이 꽤 지난 지금도 당신을 잊지 못한다.

부산히 떠난 여행

하늘 아래 가만히 서 있기만 해도 땀이 흐르는 8월의 여름날. 친구를 만난다는 핑계로 여행을 떠났다. 서울에서 출발해서 진주 ~부산을 거쳐 다시 돌아오는 코스였는데, 더위를 무척 타는 내게는 집을 나서는 것 자체가 큰 여행이었고, 모험이었다.

혼자 떠나는 것은 처음이라 설레는 마음을 들고 기차에 탄 나는 지나가는 풍경을 그저 넋 놓고 바라봤다. 하필 앉은 좌석이 순방향과 역방향이 만나는 마주보는 지점이라 앞에 누가 타면 어쩌지 하고 걱정을 했지만, 다행히 잠깐씩 쪽잠을 자기도 했다.

그렇게 3시간 30분을 달려 진주에 도착해 친구를 만나고, 진주에서 구경할 것들을 구경하고, 나의 글을 좋아한다던 어느 음식점 사장님도 만나고, 언제나 그렇듯 내가 간 여행지의 시내도 돌아다녔는데 나는 이 아담하고 작은 지역이 꽤 마음에 들었다.

길거리를 걸어도 사람이 많지가 않았고, 지나가는 사람은 모두 다 웃고 있었다. 속 깊은 이야기를 꺼내 놓아도 될 만큼 진솔한 땅이었다. 글을 쓰는 것을 멈추기 위해 갔던 여행인데, 잠시 놓아야 할 것들이 많아서 간 여행인데, 자꾸 글을 쓰게 되고 무언가를 얻어가는 기분이 들었다.

여행은 놓으러 가는 것인 줄로만 알았는데,
나도 모르는 새에 마음을 가득 채워오는 일이었나 보다.

그래, 이게 여행이었지.

인연

나는 내게 주어진 인연을 사랑하며, 아닌 인연은 멀리할 줄도 아는 사람이 되어야지. 나의 감정을 혹사시키면서까지 억지로 상처를 품을 필요는 없으니까. 다가오는 인연은 내 마음대로 되지 않아도, 내가 아니라고 생각하는 인연은 오로지 나만 끊을 수 있을 테니 좀 더 마음을 굳게 먹어야지. 내게서 멀어지려는 사람을 잡고 매달리지 않아야지. 내가 좋다는 사람들을 굳이 밀어내지 않아야지. 누군가를 탓하기 전에 내가 누군가에게 좋은 인연이었는지를 먼저 탓해야지.

◆ 겨울

창밖을 겉도는 찬 기운이 방으로 스며들 때, 이불을 덮고 희희낙 락하던 겨울이 생각난다. 나 어릴 적 무릎 아래 높이까지 깊은 눈 이 소복이 쌓였던 그날, 거기에 당신 이름을 적었던 기억이 난다.

그 겨울엔 우스꽝스럽게 서로의 옷을 바꿔 입고 집 앞 슈퍼로 아이스크림을 사러 갔던 기억도 있고, 금방이라도 얼어버릴 것 같던 눈물을 흘리던 너도 있고, 맞잡은 손안에 핫팩을 넣고 걸으 면 세상을 다 가진 것 같던, 마음도 녹을 만큼 참 따뜻했던 우리 가 있다.

바다의 말

바닷물이 발을 적실 만큼의 짧은 시간 동안 나는 웃는 얼굴을 하면서 슬퍼하고 있었다. 넓은 바다가 나에게 말을 했다.
"뭐가 그렇게 슬프니?"

나는 대답했다.

"사람들은 나의 진심을 몰라주는 것 같아요. 매번 진심을 꺼내기도 전에 나를 떠나고, 나는 그런 것이 두려워 진실되지 않은 나를 보여주려 해요. 참 답답하죠."

그러자 바다가 마치 정신을 차리라는 듯 나의 발을 한 번 더 적시며 말을 했다.

"나도 그래, 사람들은 나의 겉부분에서만 머무르다가 떠나가고, 나의 깊은 속은 무섭다고 보지 않으려 해. 하지만 그렇다고 좌절하면 될까? 나의 깊은 속은 아름답게 가꾸지 않아도 될까?
아니야. 나는 사람들이 나의 겉부분만 본다고 해도 마음을 가꾸는 것은 멈추지 않아. 나는 지금 많은 생명을 품고 있고 넓은 희망을 품고 있거든. 아는지 모르겠지만 너의 발을 적시는 부서지는 파도 또한 나의 깊은 속에서 흘러나온 거잖니."

바다의 말을 들은 나는 알았다. 깊은 마음에서 흘러나온 것들이 아름답기 위해서는 곁에 머무르고 떠나가는 사람들을 원망할 게 아니라 그런 것들을 신경 쓰지 않은 채 나를 계속 가꿔야 한다는 것을.

확률

무너지고 있을 때야말로 정말 일어서기 좋은 환경이다.
믿음엔 힘이 있다. 자신을 믿는 것에는 더더욱.
모두가 포기하고 있을 때에도, 기대하지 않을 때에도
한 걸음씩 걷다 보면 원하는 무언가를 얻을 수 있을 것이다.

안 될 거라고 생각하지 말고, 이대로 끝날 거라 생각하지도 마라.
인생은 아주 작고 큰 확률과 우연으로 이루어져 있다.
잘 보이지 않고 와 닿지 않아도, 길이 너무 어두워 앞이 잘 안
보이더라도 내가 걷는 길을 믿으며 그렇게 걷자.

아주 작고 큰 확률들이, 우연들이 당신을 웃게 할 것이다.

온도

당신이 가진 말의 온도, 그 몇 도 차이에 나는 울고 웃고.

과정

사람은 적당히 만났어요.
상처도 어느 정도 이상으로 알게 되고
내가 후회하는 관계도 겪어보았으니
이제는 진득하게 만나 계속 살고 싶어요.
누군가를 알아가는 것도 이젠 지쳐.
어떤 관계든 그 과정에서 정성을 쏟으니까,
더 이상의 감정 소모는 내게 아픔일 뿐이죠.

끝

어디야.
어디서 울고 있니.
여기 있네, 왜 울고 있니.

사랑이 끝날 것 같아 울어요.

두렵니.

두려워요.

그만 울어라.
네가 운 순간부터 사랑은 끝났다.

소통

사랑은 연락이 기반이 된 일상의 소통, 사랑을 하는 도중에는 떼려야 뗄 수 없는 게 바로 연락이다. 사랑은 자꾸 누군가를 보고 싶게 만드는 마법 같은 일이다. 대부분의 사람들은 좋으면 상대를 좀 더 보고 싶어 한다. 그리고 텍스트보다는 목소리로 속닥이는 것을 더 좋아한다. 원래 연락을 잘 하지 않는 사람도 있겠지만, 사랑은 결국 서로 다른 둘의 합의점을 찾는 과정이다. 근데 그 과정마저 외면한 채 나는 원래 그런 사람이니, 네가 적응하라는 건 옳지 않은 것이 아닌가. 사랑하는 사람과 일상을 나누는게 불편하다면 차라리 혼자가 낫다. 사랑은 옆에 있어주는 것만이 아니라, 옆에 있어주지 못할 때도 곁에 있는 것처럼 느끼게 해주는 것이니까.

순수함

순수함이 절제된 사회, 진심을 악용하는 사람들.

최악을 주며 최선을 강요하고, 등을 토닥이는 척 낭떠러지로 미는 아류들.

얕은 인연을 자랑하는 일부들, 겉으론 대단해 보이지만 숨길 수 없는 가벼움들.

잘난 사람이 아니면 거들떠도 보지 않고, 착하면 바보 소리를 듣는 이 세상은 참 위험하다. 소란이 끊이질 않는다.

사람을 미뤄두기로 했다

당분간 사람을 미뤄두기로 했다. 사랑을 잠시 떠올리지 않아야 겠다고 생각했다. 일이 너무 바빠서 여유가 생기지 않는 것도 아니고, 사람에게 받은 상처가 저릴 만큼 생생해서 무서운 것도 아닌데 어쩌자고 나는 사람을 미뤄두기로 했을까.
완전하지 않은 사람이라 그랬던 걸까, 완벽한 사랑을 몰라서 그랬던 걸까.

사람을 미뤄두는 것조차도 확실한 이유가 없는 게 나란 사람인데 이런 나에게도 자꾸 연락이 온다. 사람을 만나지 않는다고 설명해도 연락이 온다. '혼자 좋아하면 된다'라는 말로 자꾸 다가온다. 신경 쓰이지 않는 척하지만 은근히 신경이 쓰이는 게 이 사람 작전에 휘말린 것 같아 혼란스럽기까지 하다.

가만 생각해보면 나는 누군가의 마음을 얻기 위해 이렇게까지 노력한 적 있었나. 아니, 눈물만 흘리고 말았던 적이 더 많았던 것 같다. 다가가는 일이 힘든 것을 아는데도, 다가갈 수 없는 게 어떤 고통인지 가늠할 줄 알면서도 나는 지금 이 사람에게 오지 말라고 겁을 주고, 나의 안 좋은 부분을 설명하고 있다.

내가 아직 불확실해서 그렇다. 그래서 사람을 겪을 수 없나 보다.

분위기

나는 사람을 분위기로 좋아하는 편이다. 포근한 이불같이 아늑한 사람, 자꾸만 궁금증이 생기는 몽환적인 사람, 나무의 잎새들 사이로 비추는 햇살 같은 사람, 다른 사람들에게는 한없이 벽 같지만 내게는 문 같은 사람.

예쁘다고 다 끌리는 게 아니고, 멋지다고 다 좋은 게 아니듯이 어떤 영화를 떠올리면 자연스레 생각나는 색감처럼 그 사람만이 가지고 있는 고유의 색을 보는 것이다.

그건 오래 만나도 그 사람에게서 꾸준히 볼 수 있는 것이니까.

어느 날 우연처럼, 선물처럼

작년 겨울 우연처럼 내게 선물이 왔다. 알고 지내던 아는 사람으로부터 온 엽서였다. 직접 찍은 하늘이 담겨 있는 사진, 그 뒤편에는 직접 쓴 글자들. 그때는 그 엽서를 가볍게 좋아했던 것 같다. 그냥 사진이 예뻐서 좋았고, 그 글자가 나에 대해 쓰여진 게 좋았다. 사진 한 장에, 글자 몇 개에 사람 마음이 이리저리 흔들리고 열려버린다. 물론, 그 안에 진심을 담아야 가능한 일이겠지만 진심을 담지 않은 선물을 하는 사람이 몇이나 있을까.

몇 개의 계절을 흘려보내고 나는 뜨거운 여름을 담은 엽서를 구입했다. 작년 겨울 우연히 내게 온 엽서를 잊을 수 없어서, 나도 그 마음을 내가 사랑하는 나의 주변에게 나누고 싶어서.
오늘 우연처럼, 선물처럼 풍경을 연 뒤 그 여운에 살았다.
마음을 열고 닫을 수 있다면, 평생 열린 채로 가만히 있어도 좋을 것 같았다.

사랑을 잃는다는 건

사랑은 인생의 전부가 될 수도 있고, 인생에서 가장 쓸모없는 것이 될 수도 있다. 사랑 때문에 울고 웃는 것은 다반사이며, 사랑 때문에 마음 전부를 내어놓기도 한다. 사랑은 따뜻한 난로 앞에서 손을 녹이며 시작되기도 하고, 혼자 떠난 여행지에서 만난 사람이 덜컥 남은 인생을 책임질 사람이 되기도 한다. 나의 일상에서 그다지 자극적이지 않으면서 내심 기분을 좋게 만들고 히히덕거리게 하는 것이 바로 사랑이라, 사랑을 잃는다는 것은 어쩌면 나의 일상, 가장 평범했던 순간, 기분 좋은 하루들이 날아가는 셈이다.

시

시를 좋아하는 사람이 좋아.

그런 사람은 대개 문장에 담긴 의미를 아는 사람이거든.
애틋하고 아린 감정을 겪어본 적 있고
사람과 사람 사이로 부는 바람에 힘껏 흔들린 경험이 있는 사람
이거든.

내가 생각했던 것들이 정답이 아니라는 걸 깨닫게 해주고
사계절에서 얻어가는 것들보다
그 사람과의 대화 한 번이 더 가치 있을 때가 많거든.

달력

사랑이 끝나고 나면 그 사람과 관련된 모든 것을 보지 않으려고
노력해.
그래서 잃어버린 날들을 보다가 버린 달력이 수두룩하지.

최근에 내가 본 인상적인 말이 있어.
'한 사람을 잊으려다 그 시절을 잊었어요.'
가슴을 툭 치고 머리로 날아온 말.

아, 내가 그 시절을 잊었던 거구나.
사람과 함께 시절을 잃어버렸던 거구나.

나태한 아침

아침만 되면 씻는 것이 번거로워
볼 것 없는 거울만 뚫어져라 본다.
내가 이렇게 나태하니,
당신이 그냥 나의 아침에 있자.
눈을 뜬 순간부터 여행을 하자.

그럼 나는 꿈에서부터 당신을 맞이할 채비를 할 테니.

관계의 허무

나는 내 사람이다 싶으면 그 사람의 일도 나의 일인 것처럼 아파한다. 어쩔 땐 당사자보다 더 몰입하기도 하고, 도와주기도 한다. 그런데 정작 그 사람들이 나를 소중히 생각하지 않으면 그게 너무 슬퍼서 결국 모든 관계가 허무해진다.

가끔은 이런 내가 원망스러울 때도 있다. 내 인생도 제대로 책임지지 못하면서 남의 삶에 자꾸 관심을 가지고 힘들어하니까. 나만 소중하게 생각하는 인연이 불러오는 아픔을 알면서도 멈출 수가 없으니까, 참 바보 같다.

하지만 결과가 허무하다고 해서 그 사람의 일을 외면해버리면 과연 괴롭지 않을까? 해도 걱정, 안 해도 걱정이라면 차라리 하는 편이 낫지 않을까?

최소한 나는 그 사람에게 절실했던 거니까, 지나간 시간을 돌아보았을 때 내가 줬던 것들엔 전혀 후회가 없겠지. 적어도 부족하진 않았으니까.

대체

그날은 폭염이 조금은 누그러지고, 적당히 더운 여름밤이었다. 방이 조금 더러워 혼자서 방을 정리하다가 손에 어떤 사진 하나가 걸렸다. 서랍에 있는 줄도 몰랐던 사진. 그녀가 직접 만든 케이크를 들고 찍은 사진. 서랍을 열지 말걸, 순간 잊은 줄 알았던 시간들이 방 안을 가득 채웠다.

지나간 순간들이 모두 아름답다는 건 거짓말. 만약 모두 아름다웠다면 지금도 나는 사랑을 하고 있어야 하는 게 맞다.
나는 왜 벗어날 수가 없나, 구차하게 자꾸만 지나간 것들을 뒤적거리고, 버리지 못하는 사진들을 먼발치서 바라만 보는가.
당신의 소식을 궁금하지 않은 척 묻어만 두었다가
이런 흔적이 나오면 나는 왜 다시 당신의 세계를 궁금해하는지.

분명 내가 가져본 적 있는 세계인데, 지금은 왜 전혀 모르는 세
계처럼 대하는가.
당신은 왜 항상 거기에 서 있는가. 어디 가지도 않고,
잡을 수도 없게 그곳에만 서 있는가, 대체 왜.

잠시

네게 믿지 못할 하루를 선물할게.
그 속에 잠시만 숨겨주라.
네게 황홀한 말들을 들려줄게.
날 보며 잠시만 웃어주라.

잠시, 아주 잠시면 된다.
너도 그렇게 들어온 거 아니겠니.
다신 사랑하지 않겠다던 내 안으로
아주 잠시 동안.

눈치

내가 갈까, 네가 올래.
눈치만 보다가
서로의 거리만 재다가
끝나버린 사랑이 아쉬워 운다.

조금 더 용감할걸,
조금 더 뻔뻔할걸.

그깟 사랑이 뭐가 무섭다고
전부를 잃는 것도 아닌데
세상이 꺼지지도 않는데
나는 다가가지도 못하고
가만히 서서 울고만 있었나.

버킷리스트

평범하고 화목한 가정에서 태어났다. 어렸던 나를 떠올려보면 항상 웃고 있었다. 아버지는 회사원이었고, 어머니는 유치원에서 일을 하셨는데 주말마다 항상 놀이동산으로, 동물원으로 놀러 다녔던 기억이 생생하다.

나는 장난이 참 심했던 것 같다. 부모님이 나의 사진을 앨범으로 정성스럽게 보관해주셔서, 그때 나의 모습을 많이 확인할 수 있었는데 대개 땅에 눕거나, 앉아서 울거나, 해맑게 웃고 있었다.

나는 자동차를 특히 좋아했는데 지나가는 자동차의 이름을 대부분 외웠고, 컴퓨터를 만지는 것도 좋아했는지 컴퓨터 앞에 앉아 있는 사진과 공을 가지고 놀았던 사진도 있었다.

이렇게 다양한 것을 좋아했던 것 때문일까.

초등학교, 중학교, 고등학교를 지낼 동안 참 많은 꿈들이 나를 스쳐갔다.

누구나 한 번쯤은 꿈꾸었을 대통령, 태권도 선수, 심리학자, 프로파일러, 영화감독, 방송PD, 경호원 그리고 작가까지.

그래서 장래희망을 쓰는 칸에는 항상 직업이 바뀌었고, 나도 어떤 것을 정해야 할지 몰라서 참 답답했던 것 같다.

고3이 되어 대학교에 진학을 해야 하는데 현실과 이상의 차이는 생각보다 컸다.

가고 싶었던 곳은 벽이 너무 높았고, 나는 좋아하는 일을 하지 못하는 것 같아 좌절하면서도 '아니야, 뭐든 열심히 해보자!'라며 컴퓨터 관련 학과로 대학에 입학했다.

하지만 대학에 다니면서도 이 일이 적성에 맞지 않다는 걸 느끼게 된 나는 하나의 대안을 생각해낸다. 그건 바로 버킷리스트였다.

예전부터 꿈이 많았던 내가 풀지 못했던 꿈에 대한 욕망을 조금이라도 잠재울 수 있는 아주 좋은 방법이었다.

내가 하고 싶었던 직업, 이루고 싶었던 꿈들을 간접적으로 혹은 작게나마 이루는 것. 헤어디자이너가 꿈이라면 관련 자격증을 취득해서 내 머리를 자를 수 있을 정도로만, 영화감독이 꿈이라면 짧은 단편영화라도 직접 제작해보는 정도로만.

어쩌면 그때부터 글을 쓰는 것을 시작했는지 모르겠는데, 예전부터 찾아본 시인들처럼 '아, 나도 독립출판이라는 것을 해서 내가 쓴 책을 만들어 작게나마 꿈을 이루자'고 생각했다.

정말 신기하게도 인생은 타이밍이라고 했나, 그때 마침 SNS에서 짧은 글들이 유행을 타는 바람에 나도 SNS를 통해서 독자를 모으면 되겠다 싶어 시작한 게 바로, 흔글이 되었다.

처음엔 정말 일기처럼 썼다. 내가 느낀 감정을 직역하듯 적나라하게 드러냈고, 어처구니없는 글들도 상당히 많았다. 하지만 그러면서 나의 글들이 점점 자리를 잡아가기 시작했다.

반응들이 신기했다. 내가 쓴 글들이 맘에 들어 댓글을 달아주는 것도 좋았고, 많은 공감을 얻는 것이 신이 났다. 하루가 지날 때마다 독자들도 점점 늘어났고, 어느 정도 독자가 모이자 나는 첫 책을 판매까지 성공적으로 끝마쳤다.

내가 쓴 책을 판매하면서 '작가'라는 직업을 간접적으로나마 체험을 했는데, 그럼에도 나는 글을 쓰는 걸 멈추지 않았다. 그 과정에서 오는 것들이 나를 정신적으로 더 풍족하게 해주었기 때문이다. 사람이 사람에게 위로가 될 수 있다는 것을 알게 되었고, 글의 힘이 대단하다는 것을 느꼈기 때문이다.

그렇게 꾸준히 쓰다 보니 결국 두 번째 책인 『사계절의 기록』이 나오게 되었고, 세 번째 책인 『무너지지만 말아』는 오프라인으로 출판되어 베스트셀러를 기록하게 되었다. 영화사와 콜라보 작업도 하고, 백일장에 심사 위원으로 나가는 등 다양한 경험도 할 수 있게 됐다.

글이라는 것, 나의 삶의 아주 짧은 부분을 차지했지만
지금 내가 느끼는 것들은 아마 평생 함께 갈 경험이 될 것이다.

첫 번째 버킷리스트부터 잘 풀린 것 같아 기분이 좋지만, 나는 아직 가야 할 길이 멀다고 생각한다. 아직 이루지 못한 것들이 많기에 하나하나 다 이룰 생각이고, 그 과정에는 시련도 있겠지만 결국 웃게 될 거라고 믿는다.

요즘은 자주 강연 요청이 들어오는데, 강연을 하게 되면 사람들에게 이렇게 말해주고 싶다.

"나는 운이 굉장히 좋았던 사람이라 단기간에 많이 알려지게 된 것이다. 그래서 나처럼 무작정 시작해서 꾸준히 무언가를 한다고 해도 잘될 거라는 보장은 없다. 하지만 좋아하는 일이라면 아주 작게나마 흔적을 남기며 살아라. 가만히 있으면 아무것도 이뤄지지 않는다. 운은 가만히 있는 사람에게는 찾아가지 않는다. 운은 무언가를 시작한 사람에게만 찾아가는 법이다."

일상

비가 끈적끈적하게 떨어지던 저녁이었다.

남자와 여자는 전화를 하며 시시콜콜한 이야기를 하고 있었다.

여자가 말했다.

"있잖아요, 내가 좋다면서 나의 어디가 좋은지는 말 안 해준 거
알죠? 내 어디가 좋아요 대체? 다른 여자들보다 부족하기만 한
데 나는."

남자는 대답했다.

"밖에 비가 왔죠? 근데 비가 몇 시부터 온 줄 아세요? 아뇨, 그
건 아무도 기억 못할 거예요."

"마찬가지예요. 밖에 내리는 저 비처럼 정신 차려보니 그대가 나의
일상에 들어왔어요. 그리고 나는 그 일상을 사랑하게 된 거고요."

잠시

당신을 아는 것이 슬플 때가 있을 것이다. 당신을 잘 안다는 이유만으로, 슬픔이라는 파도에 휩쓸릴 일이 잦을 것이다. 가끔은 내가 아닌 다른 것을 선택하는 모습을 보면서 작아질 것이고, 당신은 원래 그런 사람이기 때문에 나는 어쩌지를 못할 것이다.

어느 날 당신이 말했지.
사랑보다 친구가 먼저인 것 같다고.

나는 사랑이 우선인 사람이라 그 말이 아쉽기는 했지만
당신이 친구를 먼저 생각하는 것을 존중하기 때문에 싫지는 않았어.

다만, 조금 다르게 말해주었다면 어땠을까 싶더라.
친구가 먼저인 경우가 많겠지만
간혹, 당신이 먼저인 경우도 있을 거라고.

경복궁

우연한 모임에서 알게 된 사람과 연락을 하다가, 경복궁 근처에 있는 카페에서 시간을 보내고 있다는 얘기를 듣고 나도 그곳으로 향했다. 가을이 잠시 왔다가 다시 여름이 온 것 같은 날씨여서 그런지 몰라도 가는 내내 긴 옷을 입은 것을 후회했다. 곧장 지하철을 타고 50분 정도를 내달리니 경복궁역에 도착했다.

나는 언제나 그렇듯 지도를 켜고 지도 속의 화살표를 목적지에 맞춘 뒤에 천천히 걸었다. 돌담길을 보고 있노라니 어설픈 미신이 떠올랐지만 그런 조건부 미신에 내가 부합하지도 않을뿐더러 믿지도 않기 때문에 흘려버렸다. 그렇게 5분 정도를 걸었을까. 그 사람이 있는 카페 앞에 도착했다.

카페에 들어가기 전, 이상하게 마음이 낯을 가리는 기분이 들었다. 숱한 이야기를 나눴다고 해도 맨 정신에 단둘이 본다는 생각이 나를 조금은 떨리게 만들었다. 모임에서 만나는 것과 단둘이 따로 만나는 것에는 분명한 차이가 있다. 모임에서 이미 만났던 적이 있는 사람이라고 해도, 단둘이 만나는 것은 처음 만나는 것과 다를 바 없는 신선함으로 다가온다.

카페는 2층에 있었다. 손님은 밖에 있는 한 커플과 안에 있는 그 사람뿐이었다. 주인이 나에게 손님을 더 이상 받지 않는다고 말하려는 찰나에 내가 그 사람의 일행이라는 것을 알고는 음료를 시키지 않아도 된다고만 말을 하셨다.

(알고 보니 밖에 있는 한 커플과 함께 술을 마시고 계셨다.)

술을 마셔서 어려운 것은 만들지 못한다고 하는 주인의 마음을 이해했기에 나는 간단한 배생강 음료를 주문하고 그 사람 옆에 앉았다. 창가 자리에 앉아서 열린 창으로 경복궁 돌담길을 보고 있자니 그 사람이 왜 이 카페를 좋아하는지 알게 되었다. 카페에는 이것저것 그림도 전시되어 있었다. 재즈 음악이 흘러나오고 있었고, 그 음은 우리의 대화를 풍요롭게 하는 데에 충분했다.

어색한 분위기에서의 대화 주제란 참 한정적이다. 한정적이라는 말은 따지고 보면 별거 아닌 주제라는 것이다. 그냥 그 사람에 대해 아직 잘 모르는 상태니까, 아주 기본적인 것들로 대화를 시작한 뒤에 공통점을 찾아 공감하는 게 대부분이다.

10분. 10분이면 대부분의 어색함은 사라지는 것 같다. 노래 두세 곡이 끝날 때쯤엔 우린 조금 더 편한 분위기가 되었다. 나는 사람을 알아갈 때 그 사람이 가진 기후를 살핀다. 그 사람의 세계에서 비가 많이 내리는지, 눈이 자주 내리는지, 1년 내내 뜨거운지, 사계절이 존재하는지, 지진이 일어나는지 그 사람 고유의 성격을 알고 싶어 한다.

서로 대화를 하다가 카페가 끝날 시간이 되어서 밖으로 나왔다. 집에 가기 아쉬웠던 우리는 경복궁 돌담길을 걸었다. 앞쪽으로 걷는데 경찰들이 지키고 있었다. 그래서 우리는 내기를 했다. 나는 앞으로 더 갈 수 없다는 의견이었고, 그 사람은 반대였다. 하지만 우리는 그곳을 지나갈 수 있었고, 결국 나는 그 사람에게 손목을 내줘야 했다.

또 거리를 계속 걷다가 나는 내가 좋아하는 재즈 음악을 들었다. 노래의 힘은 세상을 다르게 연출해준다. 노래에 따라 거리의 분위기가 달라진다. 앞으로 계속 걸으며 시시콜콜한 이야기를 했다. 이런 저런 이야기로 웃고 떠들며, 청와대 사랑채 앞까지 왔다. 문득 청와대 본관은 어디에 있을까 궁금증이 생겨서 앞에 지키고 있던 경비원에게 위치를 물었고, 한 달 전에 신청하면 관람까지 할 수 있다는 말에 덜컥, 한 달 뒤에 관람하러 오자는 약속을 했다.

우리는 분수대를 지나서 무궁화공원으로 갔다. 어두워서 잘 보이지는 않았지만, 아무런 문제가 되지 않았다. 횡단보도 앞에서도 웃고, 지나가는 차를 보면 웃음이 절로 나올 만한 농담을 해서인지 차를 보기만 하면 웃는 그 사람을 보고 나도 따라 웃었다. 별거 아닌 이야기들이 서로를 웃겼다.

막차가 끊길 뻔했지만 겨우겨우 지하철을 타고 집으로 돌아온 나는 되돌아가는 길이 좀 더 길었더라면, 그리고 시간이 잠시 멈췄더라면 하고 아쉬워했다. 이상하게 이 사람이 마음에 들었다.

그날 밤, 텅 빈 거리를 걷던 기분을 잊을 수가 없다.
그 사람과의 거리도 많이 좁혀진 것 같은 느낌이었다.

자려고 누우면 자꾸 웃음이 났다.
아까 했던 농담 때문인가, 당신 때문인가.

어쨌든, 경복궁 돌담길에서 이루어진 커플이 많을 것 같다는 생
각이 들었다.

사랑의 방식

언젠가 당신이 나로 인해 우는 날이 생기겠죠. 웃는 날이 더 많았으면 좋겠지만 바람은 늘 생각처럼 불어주지 않죠. 사랑을 하면서 잃은 것들이 너무 많아요. 순수함도 잃었고, 사계절의 아름다움도 잠시 잊었고, 관계에 대한 믿음도 흐려졌죠. 그럼에도 당신과 함께 걷겠다 했으니 모든 건 내가 감당하기로 해요. 당신이 무얼 하든 믿을게요. 만약 알코올과 함께 잠시 사라진다고 해도 걱정만 할게요. 의심 같은 건 접어두고 당신만 생각할게요.

그러면 우리 사이에 비가 내려도, 젖는 건 나 혼자니까 좋다고 치는 거죠. 당신은 감기 걸릴 일도 없고, 콜록거릴 일도 없으니 당신을 위하는 거라 치는 거죠. 그게 내가 가진 사랑의 전부인걸요. 오롯이 당신을 위하는 사랑의 방식.

당신의 경험

얼마 안 가서 사라지는 바람이 있고
반면에 꾸준히 불어오는 바람이 있다.

당신이 겪었던 바람만이
정답이 아니라는 것이다.

당신에게 불었던 바람이 달지 않았다고 해서
당신이 그런 마음을 주지 못하는 사람이라고 해서
다른 사람도 당신처럼 불행할 거라 생각하지 마라.

당신이 폭풍 속에서 좌절하고 있을 때,
다른 누군가는 웃으며 극복할 수도 있다.
당신이 겪었던 것들이 모두 정답이 아니다.
당신의 경험은 당신 것이다.

신중해야 할 것

누군가를 만난다. 커피를 마시고, 이야기를 던지면서 상대를 알아간다. 호감이 생겨서 자주 만난다. 은근슬쩍 선을 넘었다가 다시 돌아오면서 밀고 당기기를 한다. 밤늦게 연락하고, 상대를 걱정한다. 눈에서는 사랑스러운 시선이 흐르고, 손에는 매너가 묻어 있다. 그러다가 서로가 서로에게 마음이 생겼을 때 둘 중 한 명의 고백으로 둘은 만남을 시작한다.

단둘이 시작하는 만남. 그동안 알아왔던 시간들은 잊힌다. 단둘이서만 시작하는 새로운 이야기가 쓰이는 날이다. 환한 달빛 아래에서 목소리를 떨어가며 말했던 고백이 받아들여지면, 그 순간 함성을 지르고 뛰어다니고 싶은 충동이 든다. 연인이라는 이름으로 그 사람의 손을 잡고 걸을 수 있고, 내가 챙겨줄 수 있는 것들이 늘어난다. 그만큼 책임도 우후죽순처럼 늘어나겠지만, 일단 초반에는 설렘만 증폭된다.

요즘은 사랑이 빠르다고들 한다. 여러 가지 통계를 봤을 때만 해도 그렇다. 모든 것이 빨라지는 요즘. 나는 사랑을 여럿 겪었어도 아직 사랑을 잘 모르겠다.

그래서 누군가를 얻게 되면 사랑이라는 말을 언제 꺼낼 수 있을지, 그걸 아직도 정하지 못했다. 진정으로 사랑할 때 사랑한다는 말을 내뱉어야 한다는 건 사실이지만, 그건 결국 적당한 시기에 이 정도면 적당하겠지 하는 생각으로 결정하는 내 생각인 것이니까 어렵다.

사랑은 온전하지 않다. 빈틈이 없을 수가 없다.
균열에도 웃을 수 있는 용기가 필요하다.

나와 함께 길을 걸어주는 사람, 내가 좋아하는 사람.
그 사람을 진심으로 좋아한다면 사랑이라는 말은 신중히 꺼내야겠다.

나를 온전히 좋아해줄 수 있다면
사랑이라는 말은 늦어도 좋다.

너의 하루

아침 일찍 눈을 뜨면 들리는 알람 소리.
더 뒤척이고 싶은 마음을 애써 누르고, 무거운 몸을 일으키겠지.
기지개 한 번 피고, 몸을 옆으로 돌려 두두둑 소리를 내면
그제야 너는 화장실로 향할 거야.

나는 그때 잠을 자고 있겠지.
너보다는 불규칙한 삶을 살아서 더 늦게 자고
늦게 일어나니까 너의 아침에 함께 있어주는 시간이 적어.
그나마 눈을 뜨자마자 네게 연락을 하는 게 최선이지.

양치도 하고 머리도 감을 거야.
아니 어쩌면 전날 밤에 감아서 세수만 할 수도 있겠다.
어떤 옷을 입고 나갈지 고민할 테고
그날 너의 마음에 드는 옷을 골라 입고 집을 나갈 거야.

집에서 나온 너는 10분 정도를 걸어 어디론가 향하는 지하철을
타러 가지.
그 시간은 항상 아침이라 나는 꿈속에 있으면서도 네가 편히 앉
아서 가기를 바라. 일찍 일어나는 것도 힘이 드는데, 사람들로
꽉 찬 지하철을 타는 건 훨씬 더 힘든 일이라는 걸 알거든.

네가 그렇게 어딘가에 도착하고 나면 나는 잠을 꼭 한 번씩 깨
게 돼.
잘 도착했냐고 눈을 뜨자마자 연락을 해.
점심 꼭 챙겨 먹으라는 말과 함께 너의 무사를 확인하면
조금 남은 잠을 다시 자러 가곤 하지.

우리의 아침은 이런 식이 대부분이야.
출발했고, 잘 도착했는지를 묻는 대화.

별거 아닌 것 같은 이런 대화가 하루를 달라지게 만들고
사랑을 느끼게 만드는 사소한 것이라는 거지.

나는 언제나처럼 너에게 연락을 할 거야.
아침에 일어나자마자 찡그린 눈으로 너에게 연락을 하고
답장이 오면 안도의 숨을 내뱉는 것.
너를 좋아하게 돼서 생겨나는 것들이 참 많은 것 같아.

그 모든 걸 좋아할게. 내게 마음을 열어준 것처럼.

오늘 네가 열고 닫는 모든 문이, 모든 길이
행복으로 갈 수 있는 통로였음 해.

뒷전

사랑하는 사람에게 나는 뒷전이다.

내가 사랑하는 사람은
나를 버리고 가는 곳이
나와 함께 약속한 거리보다 많고
다른 사람에게 들려주는 목소리가
내게 속삭이는 것보다 크다.

당신은 어째서 나 같은 사람을
가장 우선으로 두지 않는가.

나는 당신이 주저앉으면
내 등에 업어서 꽃구경을 시켜줄 텐데.

나는 당신이 아파 앓으면
이마에 젖은 수건을 올려놓고
수건이 식을 때마다 욕실에 갈 텐데.

당신은 어째서 내가 뒷전인가.

나는 뒤에 있는 것들이 하나도 궁금하지 않은 것처럼
앞에 서 있는 당신이 전부인 것처럼
그렇게 좋아하고 있는데.

먼지

나는 수많은 사람 중 하나.
없어져도 금방 잊힐 것처럼
저기 저 책상 위 먼지처럼
점처럼 작은 것 같은데,

당신은 왜 공기처럼
내 안을 자유롭게 드나들며
없으면 죽을 것 같이 구는가.

애정구걸

남자가 말했다.

"가야 할 사람은 어떻게 해서든 가. 내가 가지 말라고 해도 분명 나 몰래 갈 테고, 내가 믿고 보낸다고 해도 거기서 다른 사람과 사랑에 빠질 수도 있지. 나는 상처가 많아서 두려움도 많아. 그렇게 잡지도 못할 거라면 나는 차라리 내가 사랑하는 사람을 완전히 믿겠어. 바보가 될 수도 있는 거지만, 내가 할 수 있는 최선은 그 사람을 완전히 믿는 거야. 이렇게 믿었는데도 떠나간 사람이라면 미련 없이 잊어야겠지."

여자가 말했다.

"네가 모든 걸 이해할 필요는 없어. 네가 그 사람의 방식을 존중하는 것처럼, 너에게도 너의 방식이 있잖아. 애정을 구걸하는 게 아니라면 네가 싫어하는 것들도 표현하는 게 좋은 것 같아."

금지된 길

누군가가 가로막는 길을 굳이 걷겠다고 했다.
안 된다고, 돌아가라고 자꾸만 겁을 주는 길을 반드시 걷겠다고
했다.
사랑은 자꾸 겁이 나면서 너라는 사람은 기어코 겪어야겠다고
앓아봐야 한다며 금지된 길을 걷겠다고 했다.

겁이 많아서 그런 거라 생각했다. 상처가 두려워 사람을 밀어내
는구나 생각했다. 내가 별처럼 예쁜 문장을 말해도 당신이 웃지
않는 이유를 아직 사람에 대한 경계가 허물어지지 않아서라고
생각했다.

내게 오지 말라고 선언했던 그 길에도 실은 꽃이 피어 있을지
모른다.

내게 관심 없어 보였던 그 눈빛도 실은 몰래 지켜보고 있었는지
도 모른다.

당신이 막아섰던 그 길에서 한참을 기다렸다.
다른 사람이 지쳐 돌아설 때 나는 마음 앞에 서서 물을 주고 기
다렸다.
그러자 당신이 들어오라고 했다.

그때 나는 느꼈다.
'이게 내가 가진 사랑의 전부이구나.'

목소리

목소리가 듣고 싶다.

집에 가는 길이면, 창밖과 방 안의 밝기가 같아지는 순간이 오면
어김없이 당신의 목소리가 듣고 싶다.

당신의 목소리는 아름답다.
나긋나긋하고 조용조용한 목소리는 아닐지 몰라도
당신은 내가 좋아하는 사람이기 때문에
아마 다른 목소리보다 훨씬 감미롭다고 느끼는 것 같다.

나는 전화로 말하는 것을 좋아한다.

늦은 밤 목이 잠겨도 좋다.
멀리 있어도 가까이 있는 것처럼 느껴지는 게 전화다.

가끔은 전화통화하면서 각자 할 일을 하는 것도 좋고
전화 내용에 몰두하지 않더라도
옆에 있는 것처럼 소소하게 얘기하는 것도 좋다.

내 생각이 나서, 내 목소리가 듣고 싶어서
전화를 했다고 하면 그건 더 기특하다.
예쁜 걸로도 모자라서 당신에게 고맙다.

그런 당신에게 말한다.
내 생각이 나면 언제든지 전화해줬으면 좋겠다.
그럼 나는 그런 당신이 예뻐 얼마든지 예쁜 말들을 해줄 것 같
으니까.

나락

내 곁에 머물러주는 것들을
사랑할 줄 아는 사람이 되어야겠다고 생각한 건
그다지 큰 결심이 아니었다.

그냥 어느 날, 엄청 힘이 들어서 스스로를 가둔 채 울고 있을 때
괜찮다며 옆에 있어준 사람이 문득 고마워서.
나도 나를 잘 모르겠는데 남들이 나를 알아줄 리 없다며
투정 부리고 있을 때 다독여준 사람이 고마워서.

내가 나락으로 떨어지고 있을 때
나를 바라보며 웃는 사람 말고

나를 위해 울어주는 사람들을 챙겨야겠구나 생각했다.

소음

당신을 만난 뒤부터는 모든 순간이 여행이고, 모든 소음이
노래다.
평소에 참 시끄럽다고 느끼던 자동차의 경적도,
당신을 보고 웃는 나를 찡그리게 만들 수는 없었다.

따뜻했던 기억

'따뜻했던 기억이 뭔가요?'라고
나에게 묻는다면 바로 떠오르는 장면은 없다.

기억력이 꽤 좋은 편인데도 생각이 안 나는 것을 보니
인생을 살면서 뜨거울 정도로 따뜻했던 적은 없나 보다.

그런데 누군가가 나를 도와줬던 날, 추운 곳에 있다가 밖에 나왔
는데 햇살이 따뜻해서 좋았던 날, 외할머니가 살아계실 때 과자
사 먹으라며 만 원을 챙겨주신 날, 잘못을 했는데 따뜻하게 대해
줘서 오히려 더 미안했던 날, 누군가가 나에게 사랑한다고 말했
던 날.

생각해보면 이런 날들이 다 따뜻했던 기억이 아닐까.
하나만 정해보라고 하면 쉽게 정할 수 없을 정도의 따뜻함.
이제부턴 따뜻함을 기록해야겠다.

도망

가끔 버스를 타고
아니면 기차를 타고
내가 사는 곳으로부터
도망치다 보면 느낀다.

도망가는 것도
돌아올 곳이 있어야
마음 편히 할 수 있구나 하고.

종이

나는 새하얀 종이보다는
한 번 쓴 종이를 녹여서 다시 만든 재생지가 좋다.

그 누구의 손길도 닿지 않은 새로운 것보다는
조금은 때 묻은 것들이 좋다.

당신의 처음이 내가 아니라고 해도
닳아버린 것들을 걱정한다 해도

닳아져 있는 당신의 마음에
스며들 수 있어서 좋다는 말이다.

지나가는 바람

왜 이렇게 예뻐요.

예쁜 건 둘째 치고, 나를 왜 행복하게 해요.

지나가는 바람이 달잖아요.

달이 뜨는 날이면 생각이 나잖아요.

밥을 먹다가도, 노래를 듣다가도 생각이 나잖아요.

세상이 행복해지니까 내가 가진 하루가 이렇게 소중했나 싶어요.

하루에도 몇 번씩 좋아죽겠어요.

그래도 아직 확신하기는 이르죠.

우리는 아직 걸어야 할 길이 조금 남았거든요.

당신을 보면서 웃음이 나고

당신도 나를 향해 자주 웃는 걸 알면서도

조금은 기다려야 하죠.

당신을 직접 보고 말해야 하는 일이 있거든요.

우리 사이는 아직 확실하지 않죠.

그럼에도 내가 확신할 수 있는 건,

당신만큼 소박하게 나를 웃게 만드는 사람은 없다는 거예요.

무엇을 하는지가 중요한 게 아니라

누구와 함께 하는지가 중요하다는 걸

알게 해준 사람이라는 거예요.

세상 모든 게 예뻐 보여요. 당신과 거릴 걷고 난 뒤부터 이래요.
우연처럼 만났고, 내가 다가서서 인연이 되었던 그날을 기억해요.
문을 열고 들어왔던 순간부터 당신의 이야기를 듣고 나의 이야
기를 하던 그날의 아침까지.

좋은 감정으로 대해줘서 고마워요.
당신이 하고 싶은 것들을 내가 같이 할 수 있게 해줬으면 좋겠
어요.
그거 말고는 바랄 게 없어요.

당신이라는 축제

예전의 나는 사랑 앞에 좀 더 편히 서 있었다.
누군가를 좋아하기라도 하면 방문을 닫아도 새어 나오는 빛처럼 들통 나기 마련이었고, 누군가의 뒷모습을 보고 열렬히 사랑하기도 했다.

우리는 지금 어려운 시간을 걷고 있다.
좋아하는 감정을 절제하고 연락이 와도 답장을 할 때까지의 시간을 길게 가지며, 조금이라도 덜 드러내는 사람이 사랑의 승자가 되는 이상한 세계에 숨 쉰다.

몇 번 오지도 않는, 아니 어쩌면 오지 않을지도 모르는
진실한 사랑을 보고도 자꾸 벽을 세우고 그 사람을 평가하기 시작한다.

사랑을 느끼면 말을 걸어보아라.

사소하게 등을 두드려도 보고, 거리를 걷기도 해보아라.
그 사람과의 관계가 어느 정도까지 깊어졌는지 신경도 쓰다가
그 구덩이에 들어가 한참 머물러도 보아라.

좋아하는 음식을 먹고, 각자 좋아하는 취향의 노래를 공유해 듣
기도 해보아라.
감정을 조절하려고 하지 말고, 내 모습을 천천히 보여주면 된다.

그러면서 깊어지는 게 사랑이고, 좋아하는 것들이 같아지는 게
사랑이다.
그 사람의 일상을 물으며 시작했다가 공통점을 만들어나가는
게 사랑이다.

사랑을 잃었다고 좌절하지 마라.
사랑은 본래 흔들리고 절절한 것.

하지만 반드시 찾아오는 계절과도 같은 것.

오늘 이토록 헛헛하더라도 내일 나를 웃게 하는 사람이
곁에서 함께 걸어주는 환상적인 것.

어떤 사람을 말로 표현할 수 없을 때
그 사람이 마음을 지나다니는 소리가 축제일 때
그때는 이미 사랑이 시작되었다고 생각해라.

당신이 어떤 모습이든 좋다.
사람을 잃고 상처를 받은 내가, 사람이 두려워 마주치지 않겠다
던 내가 당신을 바라본다.

그것만으로도 당신은 나의 삶의 가장 중요한 가치가 된 것이다.

페이지

책을 펼쳐서 보다가 마음에 드는 페이지를 만나면
읽고 또 읽다가 사진으로도 남겼다가
삐뚤빼뚤한 내 글씨로 써보기도 해.

수많은 날을 살았던 나지만
그날의 밤이 마음에 들어
너를 읽고 겪어보고 싶은 것처럼

너는 어쩌면 내게 펼쳐진 페이지,
내가 빠져버린 몇 줄의 글인 거지.

당신이 웃는다

당신은 정지선을 넘게 만드는 웃음을 가졌다.
가만히 누워서 그 모습을 보고 있자면
출발하지 않은 기차 안에서 설레는 내가 있는 것 같다.

당신이 있는 하루, 나의 전부를 쏟아도
집에 가는 길에 주머니를 뒤적거리면
주지 못한 것들이 한 움큼 잡히는데

그렇게 아쉬운 사람 앞에서 당신은 달보다 예쁜 입꼬리를 가졌다.

적당히 웃으라고 말을 할까 하다가
당신의 일상에 적당하지 않게 빠진 건 나라는 걸 알았다.

당신의 웃음을 보고 나면 가슴 한편에 뭐가 자꾸 걸리적거리는데

나는 이것이 내뱉어야 하는 고백이라는 것과

그 방향은 오롯이 당신에게 향한다는 것을 확실히 안다.

방향

바람이 방향을 바꾸는 것도 대체 이유를 모르겠는데
사람이 방향을 바꾸는 것은 왜 이렇게 잔인할까요.

이유

시간이 많이 흐르고 나면 너에게 이야기해주고 싶은 게 많다.
더 많은 세상을 보고, 바람을 스치고 나면 말해주고 싶은 게 많다.

내가 이유 없이 너를 담았던 게, 잠시 걸었던 게 아니라는 거지.
내 모든 행동에는 네가 묻어 있고 이유 없는 손짓은 하나도 없
었다.

당신이라는 이유가 내게는 가장 큰 이유였다.

사진

사진은 그 사람의 일상을 잠시 빌리는 것.
나는 그래서 사진이 좋다.
어딘가에 앉아서 길거리를 걷다가 문득 서서
하늘을 잠시 올려다보는 당신이 안 보여도
보이는 것 같으니까 좋다.

멀리에 있어도 느껴진다.
사진을 찍을 때 느꼈던 감정은 사진 안에 고스란히 담긴다.

가끔 유명한 사진작가의 전시회를 다녀오면 느낀다.
사진 속에 있는 인물들의 감정까지도 담았구나.
그래서 더 대단하구나.

길거리에 가만히 서서 싸우고 있는 커플.
머리카락을 쥐어뜯으며 고민하고 있는 노인.

맛있는 음식 앞에서 웃고 있는 커플.

아기에게 비눗방울을 만들어주고 있는 어떤 부모.

신기한 듯 카메라를 보고 있는 아이.

상의는 모두 탈의한 채 축구에 몰두하는 소년들.

지하철에서 연주를 하는 사람.

장미를 들고 춤을 추고 있는 남녀.

사진은 우리가 생각하는 것보다 더 큰 울렁거림을 준다.

좋은 울렁거림.

◆
◆
속

속으로 자주 울어서
겉으로는 슬프지 않아 보여도
사람 때문에 무너진 적이 많은
그런 사람이 있지.

겉으로 많이 웃어서
속에서 슬픈 것이 티 나지 않는
그런 사람도 있고

감정을 숨긴 채 살아가야 하는,
그게 더 편하다고 느끼는
마음 아픈 사람이 있지.

오늘, 내일

아직 무엇인지 모르는 선물을 열 때처럼 설레는 마음으로 오늘
을 살 것.
벽 너머에 무엇이 있을까 궁금해하는 것처럼 내일을 살 것.
당신을 아프게 했던 과거에서 나올 것.
별일 아닌 것으로 행복을 가져다주는 사람을 만날 것.

모임

내가 운영하고 있는 '글러리'에 소속되어 있는 『너의 잔상』의 저자 한수련의 독자 모임이 홍대에서 있었다. 간단하게 맥주를 마시며, 모두와 편하게 이야기할 수 있는 자리라고 했다. 별다를 것 없이 집에서 원고를 쓰고 있던 나는 오랜만의 사회생활이라고 생각이 되어 선뜻 가겠다고 했다.

홍대에서 10분 정도 걸으면 나오는 장소였다. 지하였는데 아늑하고 괜찮았다. 앞에는 작은 무대와 마이크도 있었고, 각종 음식과 술들이 있었다. 처음에 한두 명씩 들어왔을 때는 서로 어색했는데, 사람들이 많이 모이고 자리도 옮겨가며 이야기하다 보니 다들 즐거워하는 눈치였다.

나는 술을 잘 못하기에 사람들의 이야기에 집중하기로 했다.
내가 모르는 분야에서 일하고 있는 사람에게 궁금했던 것을 물

어보기도 하고, 흔히 말하는 사랑과 이별에 대해서도 많은 이야
기를 나눴다.

나는 그중에서 사랑에 대해 말을 하려고 한다.

'사랑'

사랑은 빼놓을 수 없는 이야깃거리다.

상처를 많이 받은 사람들, 모든 걸 다 퍼주고도

상대방의 외면에 사랑을 잃은 사람들.

호구로 남은 사람들, 몇 년간 한 사람을 짝사랑한 사람들.

사랑 하나로도 이렇게 수많은 사람이 나누어지고 또 공감한다.

그중에서도 가장 이야기를 많이 했던 것이 바로 '상처'.

아마 상처라는 건, 살면서 계속 안고가야 할 숙제 같은 것일 테다.

내가 사랑한 흔적이 사라지지 않는데, 그게 아픈 거다.
나 또한 상처를 많이 겪어봤기 때문에 이야기가 술술 잘 나왔는데
나는 개인적으로 상처받지 않은 사람보다
상처를 받았던 사람에게 훨씬 끌리는 편이다.

상처를 겪어본 사람은 확실히 알고 있다.
이 말이 상처가 될 거라는 걸, 이 행동이 상대에게는 아픔이 될
거라는 걸.
상처를 받아본 경험으로 대부분 알게 되는 것들이다.

그래서 상처받은 사람은 상대를 배려할 줄 안다.
물론 그중에는 상처를 악용하는 사람들도 있겠지만
그런 사람들은 소수라고 생각한다.

바람을 피우고, 모순된 행동을 하고, 너는 되고 나는 안 되고,
상대방의 상황을 이해하지 못하는 사람들.

상처를 겪어보면 사람이 더 잘 보인다.
이건 완전히 내 생각이다.

몇 번 말을 섞는 것만으로도, 그 사람의 상처를 듣는 것만으로도
이 사람이 어떤 사랑을 했고 어떤 사람인지를 알 수 있다.

나는 '호구'가 편하다.

나와 같은 마음을 먹은 사람들도 많을 것이다.

내가 헌신하고, 퍼주는 게 상처가 될 확률이 높다고 해도

내가 좋은 거라면 그래서 마음이 편해진다면 호구여도 좋으니

까 그런 것이다.

적어도 못해줬다는 미련은 남지 않을 테니 말이다.

나는 잠시 정체기에 들어왔다고 생각한다.

내가 가진 상황, 내 사람이 겪어야 할 것들.

나는 당연하지만 내 옆에 설 사람에겐 당연한 게 아닐 수도 있

으니.

내가 정말 괜찮은 사람이 되면 그때 사람을 겪자고 생각하고 있다.

사랑은 언제나 우연처럼 오고, 걸러낼 수 없는 것이긴 하지만.

그만 울어요

그만 좀 울어요.

내가 다 속상할 정도로 그렇게 아파하지 말아요.
그 사람이 당신을 아프게 한 일이 당신에게는
세상이 무너진 것처럼 심각한 일이겠지만

나는 당신이 아픈 일이 제일 심각하고 심란한 일이니까
제발 눈물 좀 멈춰요.

당신이 울 필요는 없어요.
소리도 내지 못할 정도로 우는 당신이
그 사람에게 잘못한 건 없잖아요.

오죽했으면 내가 그 사람이었으면 하고 수도 없이 바랐을까요.
나는 당신이 손잡아주는 그 사람이 늘 부러웠고

늦은 밤, 당신과 함께 영화를 볼 수 있다는 상상만으로도
얼마나 꿈같았는지 몰라요.

가끔 달콤한 꿈을 꾸고 나면 내가 사는 세계와 괴리감이 느껴져서
우울해지기도 했죠.

근데 당신 같은 꿈이라면 언제든 겪고 싶어요.
그 꿈속에서는 당신을 울리지도 않을 거고
아프게도 하지 않을 거예요.

물론 우는 일이 있겠고, 아픈 일이 있을 수도 있는 게 현실이지만
적어도 그 사람처럼 우는 당신을 두고 뒤돌아서지는 못할 거예요.
어떻게 내가 그럴까요.

속에서 슬픈 감정이 끓어오르는 것이 신기할 정도로
웃는 게 너무 잘 어울리는 사람인데
그런 사람이 우는 모습은 얼마나 슬프겠어요.

그러니 나는 함께 뒤척이고 싶어요.
그러다가 슬픔이 끝나면 당신의 손을 잡고
가을에 열리는 억새축제에 가자고 말을 할래요.

맛있는 음식도 먹고, 사진도 찍고, 좋은 음악도 들으며 걷고 싶
어요.

세상에서 가장 예쁘다는 농담을 가장한 진담을 내뱉으며 웃고
싶어요.

당신이 사랑하던 한 시절이 떠났지만
그 아픈 시간 뒤에는 내가 있어줄게요.

아프다가도 나 같은 사람을 만나 행복했다고 당신의 이야기를
고치고 싶거든요.
당신이 행복한 일인지, 내가 행복한 일인지는 잘 모르겠지만

일단 그만 울어요.
내가 다 속상할 정도로 주저앉지 말고요.

◆

무모

나는 사람 앞에서 자주 무모해지고
사람 앞에서 자주 나약해져요.

외롭다고 말하면서도 사람을 두려워하고
경계하고, 또 좋아하죠.

요즘은 밤낮이 바뀌었어요.
무엇이 잠을 자꾸 밀어내는 건지
뭔지 몰라도 나는 그게 참 좋네요.

당신이 없는 새벽을 오롯이 당신 생각으로만 채우는 건 모순인
것 같지만 가끔 멀리에서 바라보는 것만으로도 당신이 좋은 건
어쩔 수 없는 사실이니까요.

내게 조금만 시간을 내어줘요.

경계하고 두려워하면서까지, 무모하고 조심하면서까지

당신을 좋아하는 이유를 설명하고 싶어요.

당신이 얼마나 가치 있는 사람인지 알려주고 싶어요.

당신도 괜찮다

안에서 강한 사람이 되어야겠다.
마음속에 건물들을 짓기 위해 나부터 좋은 땅이 되어야겠다.
누가 와서 나를 넘어뜨리더라도
일어서면 된다는 마음을 먹을 수 있도록.

안에서부터 강한 사람이 되어야겠다.
바람과 사람에게 흔들리더라도 나는 괜찮다.

당신도 괜찮다.

불확실한 것

사랑은 불확실한 것.
매번 방황하는 것.

이 사람을 좋아하고 있다가도
나를 위해 관심을 보여주는 다른 사람을 사랑하게 될 수도 있고
별 관심 없던 사람의 착한 마음에 반해
한 순간에 관심이 증폭되기도 하는 것.

세상에는 꼭 이렇게 된다는 법칙도 없고
운명도 존재하지 않는다.

매달 내리는 소낙비처럼 수많은 우연이 쌓여서
예측할 수 없는 순간을 만들어내는 게 바로 인생이고 사랑이니까.

사랑, 이별

마지막을 생각하고 저지른 일이 아닌데

마지막이 되어버리면 참 막막하고 먹먹한 게 사랑.

하룻밤 사이에 세상 모든 불쌍한 문장을 떠올리게 만드는 게 이별.

꽃잎

말을 할 때마다 나를 자꾸 끌어당기던 사람이 있다.
그 사람이 말을 하면 감탄하며 잠들던 밤이 있었다.

똑같은 의미의 말인데 그 사람이 말을 하면
왠지 모르게 꽃잎이 떨어지는 것 같은 기분이 드는.

똑같은 상황인데 그 사람이 말을 하면
괜히 순간이 예뻐지는 착각이 드는.

앞으로 똑같은 말을 해야 한다면
나도 그 사람처럼 꽃잎을 뱉어야겠다.
아니면 뿌리 같은 말을 내뱉어서 누군가에게 행복이 자라나게
해야겠다.

사람들은 예쁘게 말하는 사람을 좋아한다.
예전부터 좋아했을 것이다. 말하는 것이 시적인 사람.

그런 사람이 말을 하는 걸 보면 표현하는 것부터가 다르다.
슬픈 감정을 절절하다고 표현하고, 기쁜 감정을 황홀하다 표현
한다.

'황홀하다'와 '좋다'
'슬프다'와 '절절하다'
비슷한 감정이지만 느껴지는 건 확 다르지 않은가.

누군가의 기억에 남는 건 그다지 어렵지 않은 것 같다.
적당히 예쁜 말에 진심을 담으면
그 사람의 기억에 평생 남아 있을 테니.

방해

"자고 일찍 일어날까, 지금 할 일을 하고 잘까."

– "자야지, 얼른."

"위험해. 자고 일어날까."

– "자고 일어나, 일찍이 아니더라도."

"그렇다면 하고 자야지."

– "뭘 해야 하는데."

"넌 무슨 할 일이 많은데."

-"몰라, 생각."

"무슨 생각할 건데."

-"네 생각에 방해되는 것들 전부 빼버린 생각."

자꾸만

뒤에 뭘 두고 온 것처럼, 자꾸 생각난다.
누군가가 마음에 들면.

◆
◆
창

네 마음에 분명 창이 있는데
거기로 들어가려 하면 닫히고
멀어지려 하면 열려.

그래서 네가 사랑에 관심이 없구나 싶었는데
네 창 앞에 꽃을 두고 오니 알겠더라.

너는 사랑을 경계한 거야.
조금 열린 창으로 넌 웃고 있었지.
이미 내 고백을 다 읽은 것처럼.

막차

술에 잔뜩 취해서 손을 잡았다.
막차가 다가오는 시간, 당신에게 업혀가듯 걸었다.
가슴이 뛰었다.
작정하고 떨려보자 했던 일이었는데
생각보다 더 떨려서 문제가 됐다.

그날의 달은 다 보고 있었을 테니, 굳이 변명하고 싶지 않다.
그래서 주변의 친구들이 그날 너 엄청 취했다고
"걔 손잡고 걸어가던 거 기억 안 나지?"라고 웃으며 말할 때
나도 그냥 조용히 따라 웃었다.

당신이 마음에 들어서 나는 비틀거린 게 맞으니까.
그리고 실제로 취한 것도 역시 맞으니까.

근데 당신 손을 잡고 걸어야 할 정도는 아니었지.

영화의 한 장면

당신과 나는 영화의 한 장면에서 만났다.
아프다고 말하면서도 기꺼이 서로의 삶에 끼어들었다.

대화는 글이 되었고, 시선은 빛이 되었다.
찬란은 당연했고, 마음은 영원할 듯 가득했다.

여름이 좋네 마네, 겨울이 좋네 싫네와 같은 시시한 이야기로도
웃고 울었다.
그 여름밤 우리가 수놓은 말들은, 서로 이어지려 애쓰다 그 자체
로 빛이 났다.

책처럼 덮고 싶어도 글자는 이미 쓰였다.
추억도 써졌다.
당신의 이름과 나의 이름은 잘 어울렸다.
당신은 아닐지 모르겠지만.

외로움을 모르는 것

외로움을 모르는 것이 나는 어떤 건지 잘 몰라요.
내가 좋은데 내가 없어도 괜찮다는 건지.

내가 한참 사라져도 아무렇지 않다는 건지.
외로움을 모르는 당신을 잘 모르겠어요.

나는 사람 하나가 사라지면 긴 시간 공허해지는 사람이라.

손짓

가요.

갔다 와요.

어째서 이 사소한 차이를 모를까.

너에겐 자주 와달라고 해야겠다.

갔다가도 와달라고 해야겠다.

정의

내가 생각하는 사랑의 몇 가지 정의.

첫 번째, 사랑은 나의 일상에 누군가를 보태는 일이다.

사랑을 하기 전에는 나의 일상에만 집중했다면
사랑을 시작한 뒤에는 연인의 일상 또한 나의 삶에 스며든다.

그게 긍정적이 될지, 부정적이 될지는 모르는 거지만
어쨌든 나의 일상에 연인을 보태면 새로운 일상이 만들어지고
그 일상을 사랑하게 된다.

두 번째, 사랑은 무조건적으로 감싸주는 게 아니다.

내가 사랑하는 사람이 잘못을 했다면
그 부분은 고쳐나가도록 도와주는 게 맞다.

세 번째, 믿음이 기반이 된 행위가 사랑이다.

모든 인간관계에서 믿음이라는 가치는 형용할 수 없을 만큼 중요하다.
감정을 많이 소모하는 것이 바로 사랑인데,
만약 믿음이 없다면 관계가 얼마나 괴로울지 생각해보아라.

상상력은 사람을 황홀하게 하기도 하지만
믿음을 잃었을 때 하는 상상은 관계를 해칠 수도 있을 만큼 꽤 심각하다는 것.

그걸 잊지 않는 게 건강한 사랑에 도움이 될 것이다.

계산

사람을 계산하다
쓰인 영수증에는
숱한 후회만
가득 적혀 있었지.

흙

어디선가 당신이 울고 있다.
주저앉아서 바지에 흙을 잔뜩 묻혀 놓고 울고 있다.

옷 더러워져서 어쩌나, 돌을 깔고 앉지는 않았을까.
쓸데없는 걱정만 하다가 당신이 우는 것에 초점을 두고
당신이 보이지 않는 곳에서 계속 안절부절한다.

울지 않았으면 좋겠다.
당신의 세계에서 어떤 영화가 끝났는지 모르겠지만
무엇이 막을 내리게 했는지 모르겠지만
내 마음을 앞으로도 영영 모르겠지만

그건 나중에 생각하기로 한다.

순간

사랑에 실패한 순간이 내게도 있었지.
그때는 세상을 잃은 것 같았어.

물론, 아주 잠시 행복하기도 했지만
그건 네 맘을 알기 전, 착각 속에 살 때였어.

매일을 너에게 쏟았지.
내가 그렇게 예쁜 말을 할 수 있는지도 몰랐고,
그냥 순간순간 나보다 너를 더 신경 써서 그랬는지도 몰라.

시간이 많이 흐른 지금 넌 어디서 뭘 할까.
억지로 외면하려 노력해, 잘 지내고 있겠지만
덕분에 위태로운 사랑을 하면서도 종종 웃었어.

고마워, 나의 몇 계절 속에 살던 낭만.

사소함

당신은 큰 걸 바라는 사람이 아냐.
당신에게 절실한 건 멋진 말을 해줄 사람이 아니라
이야기할 때 눈과 귀를 맞추어주는 사람이고

당신의 사소한 버릇과 흘리며 얘기했던 문장들을 기억해주고
목소리를 나누기 좋아하며 사소함을 중요하게 생각하는 사람
이야.

누가 봐도 멋진 사람이 아니지.
당신이 바라는 건 당신을 사소하게, 다정하게
사랑해주는 사람이니까.

상대가 당신일 때만 가장 멋진 그런 사람.

애매하지 않게

애매하지 않게 대해줬으면 좋겠어.

너는 항상 곁에 아무도 없다고 하면서 자꾸 누군가를 두고,

입은 외롭다고 말하면서 정신은 다른 사람과 길을 걷고 있잖아.

나는 감정 회복이 늦어.

그래서 마음을 쏟은 뒤에는 한참을 슬퍼해야 해.

괜찮아질 방법은 너뿐인데 날 이렇게 만든 게 너라면

그때는 참 곤란해져.

감정을 쉽게 내뱉지 말아줘.

내가 아니라면 나에게 오지도 말아줘.

나는 마음이 넓은 사람이 아니야.
그릇도 작아서 많은 사람을 담지도 못해.

싱거운 사람이긴 해서 사랑을 건강하게 할 수는 있지만
네가 만약 간을 본다면 나를 제대로 알지 못할 거야.

너는 참 괜찮은 사람이라 선택지가 많겠지만
나는 너 하나라 상처가 커.

그러니 내가 아니라면 제발 너의 사람이 나인 척하지 마.
내가 아무리 아파해도 너는 어딘가에서 웃을 수 있는 사람이잖아.
나는 아냐.

힘든 밤

슬픔을 제대로 겪는 법을 몰라서
낯선 기분이 들 때는 어떻게 행동해야 할지 몰라서

내가 생각하는 게 맞을까 자꾸 의문이 들어서
감정을 무시하는 방법을 모르고 흔들렸던 날들이 너무 많아서

날 좋은 날에 걷는 게 행복인 줄 몰라서
내가 신경 써주지 못한 사람이 너무 많아서

미워하는 사람이 많아서
마음에 드는 사람을 품을 줄 몰라서

다가가는 방법을 몰라서
나 자신에게 자신이 없어서

어리광만 부릴 줄 알았던 시절이 있어서

사랑을 하다가도 아팠던 기억이 자꾸만 떠올라서
가끔 나를 믿어주지 않으면 어떻게 해야 할지 몰라서

다가올 밤에 답답할 것을 알면서도
그 답답함이 무엇인지를 몰라서, 참 힘든 밤이다.

책

책이라는 게 이렇게 무거운 것인지 몰랐다.
아마 내가 책을 쓰면서 느끼게 된 감정인 것 같다.
내가 가지고 있는 감정, 마음, 세계, 언어, 노래 모두 다 고스란
히 적는다.

서점에 있는 내 책을 남들이 들추기라도 할 때는
나의 옷을 벗기고, 마음을 들여다보는 것처럼 부끄럽다.

나의 이야기를 하니까 최대한 솔직하게 표현하려고 노력한다.
하지만 절제해야 한다.
너무 들뜨거나 화려하지 않게, 담담하게 적는다.

글을 쓰는 것. 잘 쓰는 것이 아니지만 쓸 때마다 힘이 든다.
예전에는 별 생각 없이 썼던 글들이 이제는 나를 누르고 있다.

잊으려고 했던 시간까지도 적어버리니 그걸 볼 때마다 잊었던
것들이 떠오른다.
 그럼 또 다시 생각에 잠기게 되는 것이다.

사람은 하루에도 수없이 변하는 존재 같다.
일 년이면 아마 10번은 바뀌지 않을까 싶다.

대단한 것들이 바뀌는 게 아니다.
노래 취향, 음식 취향, 요즘 좋아하는 꽃, 좋아하는 향기.
주로 입는 옷 스타일 같은 것이 바뀌는 것도
사람이 바뀌는 거라고 할 수 있다.

그럴 때일수록 유행을 따라가지 않는 나의 것,
그런 고유의 것을 지켜내고 싶다.
사계절이 지날 동안 변하지 않을 만한 것이 뭐가 있을까.

사랑?

아니, 사랑도 결국 변할 거다.

어떻게든.

달라졌을까

그날 너에게 사랑한다고 말했다면 우린 달라졌을까.
그날 너에게 그만 만나자고 말했다면 우린 달라졌을까.

그래, 놀다 오라고 말했다면 달라졌을까.
네가 있어서 더 바랄 게 없다고 말했다면 달라졌을까.
"이제는 그러지 마라." 하고 웃어 넘겼다면 달라졌을까.

지나간 시간을 더듬는다.
그때의 나는 그다지 착하지 않은 소년이었고
너는 평범한 사람이었다.

내가 그때 다르게 행동했다면 지금은 달라졌을 수도 있겠지.
하지만 뒤늦은 후회는 아무것도 만들어내지 못한다.

그때 내가 그러지 않았기에 얻었던 것들도 있을 것이다.

네가 주는 사랑을 당연하게 생각했던 나는 너를 잃고 나서야
사랑받는 것을 더욱 소중하게 느끼게 되었다.

너에게 그만 만나자고 말하지 못했기에
확신 없는 관계는 독이라는 것을 알게 되었다.

"이제는 그러지 마라." 하고 웃어넘기지 못했기에
별거 아닌 것에 끝까지 매달리면 좋지 않다는 걸 알게 되었다.

우리가 놓치고, 말하지 못했던 것들.

뒤돌아보면 모두 후회로 남고 아쉬움이 되겠지만
그때 우리가 완벽하지 못해서, 실수가 많아서
그랬던 모든 행동을 반성하고 생각해보면

지금의 내가 성장할 수 있는 계기가 되지 않을까 생각한다.

그때 그러지 않았더라면 달라졌을까 하고 후회만 하지 말고
그걸 통해 느낀 모든 것을 간직해라.

달라질 것들이 참 많다.

작은 쪽지

안녕, 나야. 전하고 싶은 말이 생겨서 이렇게 편지를 써. 지금 너는 자고 있겠지. 나는 언제나 그렇듯 새벽에 살아. 내가 그랬었지. 너에게 말하지 못한 마음을 글로 먼저 써버렸어. 정작 내 옆을 걷는 너는 나중에야 그 글을 보게 되었고, 그래서 서운하다고 말했어.

나에게 준 편지. 아직도 몇 번이고 읽어봐. 네가 써준 첫 번째 편지. 마냥 행복하기만 한 내용이 아닐 거라는 걸 읽기 전부터 느꼈지만 좋았어. 어떤 내용이든 괜찮았어. 지금 나랑 헤어지자고 하는 사람이 편지를 줄 리 없거든. 편지 주는 것을 부끄러워하고 내 손을 잡아줄 리 없거든. 그래서 좋았던 거 같아. 내가 고쳐나갈 수 있는 방법이 담겨 있는 거니까. 게다가 너는 너의 마음까지 종이에 적어서 나에게 보여준대. 이건 너무 너무 감사한 일이야. 네가 솔직하게 말해주는 거잖아. 내가 알지 못하는 것들도 담겨 있을 거야. 고마운 일이지.

내가 성급하게 생각했던 것도 있던 것 같아. 너를 알았던 시간이 아직은 짧은데 너무 좋은 마음에 조금 앞섰던 것 같아. 나도 이제는 천천히 오래 볼게.

너에 대한 마음이 들면 너에게 가장 먼저 알릴게. 이야기가 돌고 돌아 나중에 네가 듣는 일이 없게, 보는 일이 없게 그렇게 할게. 우리 둘 사이에서 생기는 마음들은 너에게 가장 먼저 말을 할게. 당연한 거지만 이제야 약속할게.

너도 내게는 정말 소중한 존재야.
그래서 더 잃기 싫고, 아껴주고 싶어.

아직 사람을 경계하고 있는 것 알아. 상처를 생각하고 사람을 만나는 너를 보았을 때 느꼈거든. 겁이 많구나, 사람에 대한 두려움이 있구나. 그렇게 생각했거든. 지금은 우리의 가치관이 많이

다르지만 많은 사람들이 말해. 내 생각도 그래. 서로 많이 익숙
해지면 비슷해질 거야. 변할 수도 있을 거야. 그렇게 생각해.

그러니 조금은 기다리는 사람이 될게.
아직은 나와 많이 다른 사람인 네가 익숙해질 수 있도록
멀리서 지켜보고 바라보고 웃을게.

지금 노력해주는 것들 다 고맙게 생각해.
내 앞에 서서 손잡아주는 것만으로도 감격스러워.

내가 좋아서 고민하고, 서운해하는 거 아니까 더 오래 보자.
아직 서로를 단정 짓기에는 알아온 시간이 적으니까
서로의 곁에서 조금 더 머물자.

노력해주겠다고 말해줘서 고맙고
은연중에 나의 가치관을 강요한 것 같아서 미안해.

많이 노력할게.
가장 먼저 말해줄게.
나의 모든 일.

훈육

여유를 찾고자 한적한 시골로 떠나기로 했다. 기차표를 덜컥 예매하고 창가 쪽 자리에 앉아 출발을 기다리고 있었다. 기차 안은 제법 시끌벅적했다. 아이들이 자리하고 있었고 친구들끼리 어딘 가로 놀러가는 듯 재미있는 이야기도 가끔씩 들려왔다. 여행을 하면 나는 노래를 꼭 듣는다. 그날도 언제나 그렇듯 플레이리스트를 뒤적거렸다. '영화 같은 노래를 듣자.' 듣기만 해도 일상이 영화가 되는 것 같은 노래를 틀었다. 마이클 잭슨의 'Love Never Felt So Good'이라는 노래였다.

기차는 출발했고 창밖을 바라보았다. 나는 버스나 기차, 비행기를 타면 언제나 창가에 있는 자리가 좋다. 바깥세상을 구경할 수 있어서 좋다고 해야 하나. 지나가는 풍경을 보면서 시간이 흐르는 것을 느낄 수 있어서 그런 건가. 가만히 멈춰져 있으면 시시할법한 나무들도 빠르게 움직이니 그림이고 드라마 같다.

그렇게 풍경에 빠져 있을 때, 아이가 울기 시작했다. 혼자 생각해본 결과 부모가 아이를 너무 애지중지 키워서 그런 거 같다고 단정지었다. 나는 적당한 훈육은 필요하다고 생각한다. 일종의 규칙이라고 해야 하나. 내 기분이 끌리는 대로 아이를 혼내면 그건 더 혼란스러운 법이니까 아이가 쉽게 알아들을 수 있도록 행동을 제한하는 것이다. 올바르게 성장할 수 있도록 방향을 잡아주는 것이다. 과자를 먹는 것만으로도 신기하게 조용해진 아이를 바라보며 느꼈다. 세상에서 사람의 감정을 한 순간에 종료시키는 것들은 참 달콤하거나, 위험한 거구나.

저 아이에게는 과자겠지만
우리를 예로 들면 돈 같은 것들.

대부분의 사람이 꼼짝을 못하는 것이니까.

관계

관계에서 오는 외로움을 의식하며
이 사람 저 사람 과식하다 보면
마음에 남는 건 공허함뿐이니

문어발 같은 만남보다는
한 사람과 진득하게 오래오래 보는
그런 만남을 할 수 있도록.

가끔씩 오래 보자는 말처럼
곁에 계속해서 머무르지 않더라도.

당신만큼

당신만큼 사랑하는 것은 없겠지요.

세상에 수없이 많은 사랑이 존재하지만
내게로 오는 사랑은 정해져있는 것처럼.

그대가 나의 전부가 되어준 것만으로도
나는 벅차고 또 설레는 일이 아닐 수 없는데

당신은 또 불행이라는 단어를 잊게 하시다니요.
당신만큼 사랑해주는 사람은 그 어디에도 없겠죠. 아마도

당연한 것

내가 보자고 말하면 당연히 시간을 비워두는 것. 모든 관계에서 당연한 것은 없다고 생각한다. 상대방의 행동을 당연하게 생각하게 되는 순간, 그 사람을 쉽게 생각하기가 쉽다. 좋은 것을 보면 떠오르는 당연함은 좋다. 그건 좋은 걸 볼 때마다 내 생각이 난다는 것이니까. 하지만 열렬히 좋아하지 않아도 상대방이 나를 위해 시간을 내어주고, 사랑스러운 시선을 보내야 한다고 생각한다면 그건 잘못된 당연함이다.

나는 사랑을 줄일 필요가 있다고 생각이 들 만큼 사랑에 열정적인 사람이다. 사랑에 전부를 걸었던 적도 있었다. 사랑이 없으면 금방이라도 무너질 것 같았던 시절도 있었다. 어린 날의 나는 사랑이 삶의 가장 큰 부분을 차지하기만을 바랐고, 이별을 하면 그 반대로 가장 큰 상처가 될 거라는 건 생각하지 못했다.

사랑은 내가 걸어갈 수 있을 거리에, 바라볼 수 있을 거리에 놓는 것이 가장 좋은 위치 선정이 아닐까. 너무 가까이 있으면 보지 못하는 부분이 있을 수도 있다. 사랑은 전체를 보는 거니까. 부분적인 것을 보는 게 아니라.

잠에서 깨어나다

어느 새벽, 문득 잠에서 깨어났다.
급하게 불을 켜고 주위를 둘러본 나는 안도의 한숨을 쉬며 말을
내뱉었다.

"다행이다."

모든 게 뒤바뀌어버린 악몽에서 깨어난 후 내가 찾은 건 새로움
도 낯섦도 아니었다. 익숙함이었다. 평소라면 지나칠 수 있었던,
너무나 당연하게 생각했던 침대, 향초가 있는 책상, 그 위에 식
어있는 물까지.

익숙함은 낯설음에서 더욱 절실하게 다가온다.
우리는 지금 그 자리에 꾸준히 있어주는 온기에 대하여 감사할
때다.

무슨 음악을 즐겨 들었는지
어떤 음식을 즐겨 먹었는지
내 마음이 알고 있는 것.

낯선 환경에 힘이 들 때
가장 애타게 그리운 건
바로 익숙함이라는 것.

익숙함에 익숙해지기.
소중하게 생각할 수 있도록.

여유

서울은 늘 정신없이 돌아간다.

내가 사는 곳은 자정이 넘어서도 시끌벅적하다.

뭐가 그렇게 할 이야기가 많은지 집 앞 하천에서는 많은 사람들
의 노래가 들린다.

어느 날은 일 때문에 지하철을 탔다.

한 시간 정도를 가야 하는 여정이었는데 내가 선 곳에 자리가

나서 그곳에 앉았다.

근데 앉아서 보니까 사람들이 다 핸드폰만 바라보고 있었다.

손에는 핸드폰, 귀에는 이어폰.

보고 듣는 것들을 다 차단하고 사는 것이었다.

물론 그 안에서는 또 다른 세상이 펼쳐지겠지.

하지만 문제는 사람을 앞에 두고도 그러는 경우가 많다는 것이다.
대화가 점점 없어지는 삭막한 세상이 다가온 것이다.

우리가 살아가는 동안 핸드폰만 바라보고 살 게 아니라
지하철 맞은편에 앉은 사람이 어떤 표정을 짓고 있는지,
하늘의 구름은 잘 흘러가는지, 창밖에 바람은 부는지,
계절의 냄새는 어떤지, 세상이 가진 것들을 관찰할 줄 알고

세상을 바라보는 여유를 조금 더 가지게 된다면
아마 조금 더 생기 있는 날이 될 텐데.

기계로 사람을 만나고, 사람 앞에서 기계로 말하는 일이
이 세상에서 사라질 텐데.

전부

무언가를 좋아하면 소유욕이 생기는 건 보통 사람들이라면 당연한 감정이다.
하지만 그 소유욕이 가끔 관계에서 문제되는 경우가 있는데 그건 꾸준할 줄도 모르면서 자꾸 누군가를 품으려고 하는 사람들 때문이다.

누군가의 전부를 얻었을 때는 안도해야 할 때가 아니라 더 소중하게 대해줘야 할 때인데, 세상에는 누군가를 얻었다는 이유로 관계를 소홀히 하는 사람이 많고 또 그러한 이유로 상처를 갖게 된 사람이 너무나 많다.

사랑을 시작한다면 그 사람은 이제 나의 것이라는 소유의 행위를 할 게 아니라 본격적으로 사랑한다는 것을 보여주는 믿음의 행동을 하는 게 맞지 않을까.

오래 보고 서로를 잘 아는 사이의 관계라도 상대에게 감사할 줄
안다면 오랫동안 소중한 관계로 남을 수 있을 텐데.

서로가 서로에게 감사할 줄 아는 사람이 되면 참 좋을 텐데.

다짐

사랑을 시작하면 행복함만 차오를 거라는 착각은 접어두기를
바란다.
우리 세계의 많은 관계에서는 생각보다 아름다운 일만 일어나
지 않는다.

물론 멀리서 보면 많은 관계가 대부분 아름다워 보이고
그에 비해 내가 가진 관계는 초라해 보이기도 한다.

하지만 괴로움을 안고 이겨낼 줄 알아야 더욱 단단한 관계가 만
들어진다.
사랑을 유지하는 것과는 별개로 모든 관계를 건강하게 만드는
힘을 가지게 된다.

"너는 날 사랑하는데 어떻게 그래?"

"너는 내 친구잖아, 그럴 수 있어?"
이런 말들은 다 소용없다.

우리는 사랑하는 사람에게
그리고 친구에게 단 한 번도 상처인 적이 없었나.

싫은 소리

당신에 대해서 자세히 알지도 못하면서
당신을 다 파악한 듯 충고하고 비판하고,
심지어는 비난하는 사람들이 있을 수 있어요.

그럴 때마다 마음에 상처가 되기도 쉽고
또 그 사람을 미워하기도 쉽지만

그냥 나를 잘 모르고 하는 소리라고 생각한다면
마음이 조금 더 편해지지 않을까요.

'나조차도 나를 잘 모르는데 저 사람이 나를 얼마나 잘 알겠어.'
하며 웃어넘기는 그런 여유.

그런 여유로 싫은 소리를 닫는 것도 능력이죠.
자기 자신을 잃지 않도록.

남들이 하는 말에 쉽게 휘둘리지 않게
지나치는 바람에 스스로가 몰락하는 일 없게.

그럴 때야

살아가면서 행복하기만 하면 좋겠지만 세상은 생각처럼 흘러가
지 않는다.
뻔하게 흘러갈 것 같은 시간 속에서도 예측할 수 없는 것들이
종종 출현한다.
이미 끝난 관계처럼 다시는 못 볼 것 같은 것들도 어느 날 우연
히 마주치게 되는, 이 세상은 복잡한 우연과 이상한 확률로 잔뜩
뒤덮여 있다.

시간이 지나면 마음도 깊어져 당시에는 몰랐던 것들이 보이기
시작한다.
관계에 최선을 다한 것 같았는데도 지나고 보면 아닌 경우가 있
고, 그때 다른 선택을 했더라면 지금 많이 행복했을 거라는 생각
도 하게 된다.

시간이 지나서 숙성이 되는 것이다. 그때 내가 몰랐던 것들이 드러나는 것이다.

하지만 이런 것들은 당시에는 모른다.
지금은 전보다 숙성된 나겠지만 완벽한 나는 아니기 때문에
나중에 보면 분명 어딘가 부족한 점이 있을 거다.
지금 열렬히 누군가를 사랑한다고 해도 내가 놓치고 있는 그 사람의 마음이나 내 자신에게 소홀하게 되는 순간이 분명 있을 거라는 말이다.

그러니 곁에 있는 행복을 당연하게 생각하지 않고
아무리 애써도 힘든 일을 피하지 못한다는 걸
내가 조금 더 일찍 깨닫는다면
나를 쓰러뜨리려는 바람이 불어올 때면

지금이 그럴 때구나 하고 그냥 바람을 즐기며
세상을 향해서 날아간다면

내 삶이 조금 흠집 있을지라도
아름답게 조각될 수 있을 텐데.

불공평

요즘 나라가 참 흉흉하다. 뉴스를 보면 자극적인 이야기만 나온다. 누군가를 찔러 죽였다, 여러 명이서 장애인 한 명을 괴롭혔다, 학교에서 왕따를 당했다, 학업 스트레스로 자살을 했다, 돈을 뺏었다, 불을 질렀다, 사기를 쳤다, 대학생이 며칠 동안 실종 상태다, 딸이 집을 나갔다, '묻지마' 살인이 일어났다.

그래서 밤에 골목을 걸을 때는 평소보다 주위를 더 살피게 되고, 그냥 조깅하는 사람일 뿐인데 놀라서 뒤돌아보게 되는 그런 무서운 세상에 살고 있다.

가장 예쁜 마음을 가진 사람은 일찍 데려가고
가장 더러운 사람은 끈질기게 살아가고
피해자는 피해를 입어도 피해다녀야 하고
가해자는 '배째'라는 식으로 당당히 살아가고

나의 시선이, 우리 모두의 시선이, 세상이, 언론이, 어른이.

세상이 불공평하지 않도록 조금은 더 노력해야 하지 않을까.
올바르지 않은 시선에게 충고하며 정직한 시선으로 모두를 대
할 수 있게.
잘못된 것을 보면 바로 잡을 수 있는 용기를 가지는 것.

이렇게 세상이 불공평해도 좋은 사람과 좋은 시선은
여전히 어딘가에 있다는 게 그나마 조금의 위로가 되는 것 같다.
그러니 일단 나부터 좋은 시선이 되어야겠다.

정적

당연히 내 곁에 있을 줄만 알았던 사람들이
내 곁을 하나둘씩 떠나가고 난 뒤부터
머물러 있는 것에 대한 소중함을 깨달았다.

정지.
그것이 얼마나 아름다운 것이었는지.

정적.
그것이 얼마나 절실한 것이었는지.

아침에 잠에서 깨어났을 때
사랑하는 사람이 곁에 있는 것.

그게 당연함이 되기를 바란다면
우선 소중함을 잃지 않아야겠지.

체온

매달 달라지는 옷차림을 보며 계절의 속도를 체감하듯
하루하루 내게 큰 의미가 되어가는 당신을 보면서 나는 미래를
상상해야겠다.
그러니 당신은 나의 사계절에 살자.
벚꽃처럼 내려서 눈처럼 서로에게 녹아들자.

계절의 온도가 달라진다고 해도 괜찮다.
체온처럼 꾸준한 사랑을 주면 된다.

안줏거리

소문이라는 건 참 무서운 것이다. '소문이 괜히 나는 게 아니다'
라는 말도 무서운 말이다. 평소에 비슷한 행동들을 했으니 그럴
것 같은 사람이라고 추측하는 것. 그게 사실인 것처럼. "걔가 그
런 것 같지 않니?" 하며 선동을 하는 것. 자세히 알지 못하면 말
을 하면 안 되는 게 당연한 건데. 당연함을 모르는 사람이 많다.

이런 세상에 살아서일까.
나는 점점 나를 드러내는 게 무섭다.

내가 나의 모습을 드러내기라도 하면
어설픈 시선으로 나를 파악하고
어둠 한편에서 씹고 뱉어지며
하나의 안줏거리가 될 것 같아서.
나도 모르는 내가 누군가의 입에 오르락내리락 하는 게 싫어서.

감정기복

우리는 감정을 유지하는 시간이 점점 줄어들고 있다.
핸드폰이 점점 발달하고 사회가 발달할수록 더욱 심해진 것 같다.
누구나 정보를 쉽게 얻을 수 있고 사람들의 이야기를 다양하게
접한다.

SNS에 나오는 슬픈 이야기에 안타까워하는 것도 잠시
스크롤을 내리는 순간 다른 웃긴 자료들에 슬픔을 빼앗기고 만다.

이러니 감정기복이 심할 수밖에 없겠지.

문자가 온 것 하나로도 참 설레던 예전 그 시절이 그립다.
지금은 살아가는 게 참 편해졌지만 깊이는 사라진 느낌이다.
조금 더 진중하게 생각하고, 느리게 살기 위해 노력해야지.

오늘은 이렇게

꿈꾸는 모든 것, 계획하고 있는 모든 것.

상상만큼 잘 될 거라고 믿자.

설레는 마음을 들고 집 밖을 나서자.

오늘 하루만큼은 쉽게 웃고 감정에 솔직해지자.

흘러가는 1분, 1초에 나를 입히자.

내가 가진 시간을 나의 것으로 만들 수 있도록 노력하자.

아름다운 것을 경계하지 말고 감격하자.

찬란한 것들 앞에서 빛을 잃지 말고

조금 흐릿한 내가 있어야 하나의 명암이 된다고 생각하자.

당신이 가진 하루.

그 하루를 탐내는 사람이 많아지도록.

당신이 가진 마음.

그 마음에 감탄하는 사람이 많아지도록.

야경

야경은 낭만적이다.
특히 사랑하는 사람과 보는 야경은 너무 황홀하다.

빛나는 밤의 경치.
사실 우리가 보는 야경 속에는
수많은 땀이 숨어 있다.

우리가 밤을 수놓는 빛에 취해 황홀해하고 있을 때
누군가는 업무를 보느라 바쁠 것이고
또 누군가는 공부를 하느라 바쁠 것이다.

스스로가 누군가에게 경치가 된다는 사실을
알지 못한 채 아마 현실을 탓하며 살아가겠지.

어장관리

여러 사람을 마음에 담으면 자신이 괴로워진다는 걸 아직 모르는 거지.

당신이 아무렇지 않게 대하는 여러 사람.

그 개개인의 속마음에 난잡하고 설레는 축제가 열렸다는 걸 모르는 거지.

그 축제를 당신이 열었다는 것도, 그 사람이 아플 거라는 것도 당신은 모른다는 거지.

결론은 한 사람에게만 집중하자는 거야.

그러면 꽃잎이 휘날리든, 소복소복 눈이 쌓이든 상관없거든.

호수

당신이 좋아하는 무언가가 호수처럼 크고 당신은 밥공기처럼 작다 하여 좌절하지 마라. 밥공기라는 비유가 살짝 웃기기도 하지만 그 작고 단단한 밥공기 하나로 우리는 배를 든든히 채우지 않는가.

꾸준히 물을 퍼낼 자신만 있다면, 밥공기로도 호수를 바닥낼 수 있다.
바로 꾸준함이 중요하다는 말이다.
그 사이에 비가 오고 누가 물을 버릴 수도 있지만
다 한때일 뿐, 잠시 오는 시련일 뿐.

겁이 나서 바라만 본다면 그게 더 아득하고 막막하다.

인사

손 흔들면 웃으며 뒤돌아설 줄 알았나.
헤어짐 앞에서 당신은 참 싱겁게 군다.

손 한번 들면 우리가 걸었던 길은
없어지고, 끊어지고, 사라지는데

손 한번 들면 우리를 스쳐간 바람은
조용해지고, 방황하고, 소멸하는데

당신은 헤어짐이 참 쉽다.

장면

길을 걷다가 보면 돈 주고도 볼 수 없는 그런 장면이 있다.
동네 친구를 만나서 저녁을 먹고 돌아가는 길.
하늘이 너무 환상적이어서 얼른 신림교로 달려가자고 말했다.
눈앞에 펼쳐진 하늘, 구름과 빛의 조화.
이건 돈 주고도 볼 수 없겠다고 생각했다.

다행히 그때는 필름카메라에 빠져 있을 때라 카메라를 가지고
있었다. 친구의 뒷모습을 찍기도 하고 처음 카메라를 잡는 친구
에게 나를 찍어달라고 하기도 했다.

파랗고, 불그스름하고, 분홍색 하늘이었던 영화 같은 장면.
덕분에 길거리를 걷는 사람들이 모두 하늘을 바라보는 여유를
가진 날이었다.

그런 순간이 오면 어딘가에 담아야 해.

눈으로 담거나, 마음으로 담거나, 사진으로 담거나.

그냥 흘려보내지 않게 잠시만 멈춰 서면 돼.

그렇게 황홀한 풍경 앞에서는

아무런 말도 필요가 없지.

억지

모든 관계에서 행복이 올 수 없다는 걸
알고 나서야 좀 더 나답게 살게 됐다.
맞지 않는 관계에 억지로 맞출 필요는 없는 것 같으니까.

차이

남의 삶에 관심이 많은 건 자유.

근데 그에 대한 말들로 언짢게 하는 건 오지랖.

뭐가 더 최선일까요

올해 여름 제주에서 가족끼리 묵을 펜션을 알아보다가 여러 사람들하고 같이 지내는 펜션보다는 독채펜션이 좋을 것 같아 공항에서 그리 멀지 않은 곳으로 숙소를 잡았다. 무언가 빈티지스러운 인테리어였고, 콘크리트들이 제법 멋있었다. 주인장과 이런 저런 이야기를 나누며 숙소를 예약하고 제주에 도착해 짐을 놓으러 곧장 달려갔다.

펜션은 사진보다 훨씬 더 예뻤고 뭐랄까, 아늑했다. 인테리어를 전공하신 주인답게 집 안의 식기, 조명, 이불과 침대 모두 무언가 포근한 느낌이었다. 독채펜션이라 약간 무서울 것 같다던 가족의 마음도 돌려버린 따뜻한 곳이었다.

마당에는 강아지 한 마리와 고양이 두 마리가 있었다. 낯선 사람인데도 경계하지 않고 바닥에 누워서 애교를 피우는 등 사람과 어울릴 줄 아는 아이들이었다.

우선 우리는 바다로 가서 파도를 느꼈다. 제주의 밤바다는 석양과 함께 있으니 참 그림 같았다. 철썩대는 파도들은 한편의 노래였고 흥을 돋우는듯했다.

그리고 우리는 허기진 배를 달래기 위해 숙소로 돌아가 바비큐 파티를 하기로 했다.
가는 길에 전화를 해서 미리 말을 해놓았더니 도착하자마자 테이블이 예쁘게 꾸며져 있었다. 위에는 조명이 달려 있어서 분위기가 따뜻했다.
하늘도 예쁘게 물들고 있었고 숙소와 참 잘 어울렸다. 굴비를 바라보며 밥을 먹던 것처럼 풍경을 바라본 뒤에 밥을 먹으니 맛이 배가되었다.

모기가 오지 못하게 몸에 모기약도 뿌리면서 맛있게 구워진 고기를 먹었다. 맥주와 소주를 먹으며 펜션 주인 부부를 초대했고 테이블에는 두 가족이 모였다. 이런저런 예술을 한다던 남편, 성악을 전공했다던 아내. 숙소만 보아도 예술 쪽 일을 할 것 같았는데 정말 사실이어서 깜짝 놀랐다. 제주가 가진 이야기, 또 여러 가지 힘들었던 일들을 듣고 나니 멀리서 볼 때 아름답기만 했던 섬이 사람과 다를 것 없구나 하는 생각이 들었다.

제주에서 사는 부부. 고민이 여럿 있었다.
그중에서는 아이들의 문제가 가장 큰 것 같았다.

제주에서 살면서 집 근처에 바다가 있는 게 당연하고 자연과 함께 뛰노는 게 당연한 일이 된 아이들이 나중에 사회생활을 할 때 힘들어하지는 않을까 하는 생각. 아이들의 교육을 어떻게 시켜야 하고 아이들이 겪게 될 세상을 어떻게 설명하지 하는 생각.
자유롭게 두자니 현실을 따라가지 못할 것 같고, 교육을 체계적
으로 시키면 제주에 내려온 의미가 사라지기 때문에 펜션 부부
는 그냥 제주에 맡기기로 한 모양이었다.

이런 마음 따뜻하고 복잡스러운 이야기를 가만히 듣고 있자니,
대부분의 부모는 아이가 눈을 뜬 순간부터 세상을 어떻게 꾸며
줄지 매일 고민하고 망설이는 하루하루를 산다는 것을, 저마다
고민 한 덩어리씩 가지고 있다는 것을 깨달았다.

편지

남자는 말했다.
"좋아하는 색이 뭐예요?"

여자가 대답했다.
"가리지 않을게요. 근데 왜요?"

남자는 웃으며 말했다.
"좋아하는 색이 있다면 그 색의 편지지로 편지를 써주려고 했어
요. 만약 24색을 좋아한다고 하면 24번 써야죠. 뭐."

여자가 대답했다.
"오늘부터 세상 모든 색이 다 좋은 거 같아요."

조각

남을 위해 자신을 조각하지 마요. 스스로의 가치를 구속하지도, 자신의 감성으로부터 도피하지도 자신이 아닌 남에게 과장된 모습을 보여줄 필요도 없어요. 남에게 망신 당하는 일을 피하려고 자신에게 민폐 끼칠 필요도 없고 혹여나 복잡한 감정에 이리저리 방황을 하더라도 다 괜찮아요.

그러니 오늘 이 밤 외롭더라도 군것질 같은 사랑은 하지 않았으면 해요.
괜찮은 사람을 만나야 그대가 오래 행복할 수 있고 그러기 위해서는 자신에게 솔직한 사람이 되어야 싫증나는 사랑을 하지 않을 수 있을 테니.

절대 남을 위해 자신을 조각하지 마요.
자신을 잃지 않는 것보다 남을 위한 삶이 더 괜찮을 수는 없어요.
그대로의 모습이 그대에게는 가장 아름다운 법이에요.

선유도 공원

사람들에게는 꼭 하나씩 애정하는 장소가 있기 마련이다. 비오는 날의 지하 주차장이라든가, 집 앞 놀이터 미끄럼틀이라든가, 마음속에 가지고 있는 각자의 아지트 말이다.

선유도 공원은 재활용 생태 공원이다. 처음 간 것은 중학교 때, 학교에서 다 같이 소풍을 갔다. DSLR을 들고서 한창 풍경을 기록하는 것을 좋아하던 때였다. 반끼리 모여 앉아 도시락을 먹으며 이런 저런 수다들로 웃음꽃을 피우다 지나가는 아이에 시선이 팔려 셔터를 누르곤 했다.

사람들이 좋아하는 장소에는 다 이유가 있다. 그 장소만의 특별한 분위기가 있다. 고유의 색을 가진 냄새에 이끌리기도 하고 왠지 모를 따뜻함이 느껴져서 좋아하기도 한다. 모던한 분위기를 가지고 있는 선유도 공원.

좋아하는 사람이 생긴다면 꼭 걷고 싶은 길이다. 아니 좋아하던 그 사람을 사랑하게 될 때, 그때 걷자고 생각하고 있다.

사랑은 신중한 것. 냄비가 탈까봐 걱정하는 것처럼 불 조절에 힘써야 하는 것. 정확히 한 시간 뒤 일어나야 하는 낮잠처럼 시간을 잘 지켜야 하는 것.

사랑과 함께 걷자니 그 곳이 다 천국이겠지만 무지개다리를 건너는 동안 당신의 얼굴을 흘깃흘깃 쳐다보면 그곳이 낙원이고 꽃들이 가득한 천지일 것 같다.

사랑하는 사람에게는 선유도 공원에 가자고 말을 해야겠다.
달도 보고 별도 찍고 손도 잡으면 우주 같겠지.

온기

온기가 있는 곳에는 사람이 몰리는 법이고 빛이 나는 곳에는 벌레가 꼬이기 마련이다. 상처받았을 수 있고, 최악을 걸었을 수도 있다. 다만 그대를 아프게 한 길을 다시 걷지는 말기를. 좋은 사람은 벌레가 꼬였던 자리도 사랑해주는 법이다. 당신 같은 사람들이 밝아서 그렇다. 아마 벌레들에게는 황홀한 곳이겠지, 내가 흰색과 검은색만 보이는 색맹이었다면 당신은 나의 세상에서 절반을 차지할 만큼 커서 자꾸만 호기심이 들겠지.

벌레가 꼬였다고 해서 당신의 자리가 닳아버린 것도 아니고 온기를 잃었다고 해서 그 품이 따뜻하지 않을 거란 법은 없다. 좋은 사람은 자신의 온기를 나눌 줄 아니까. 당신에게도 그런 사람이 다가와 차가운 당신의 등을 어루만지며 따뜻해지라고 말해주겠지. 좋은 사람은 벌레가 꼬였던 자리도 사랑해주는 것처럼. 최악을 곁에 둘 거라면 자리를 비우는 게 낫다.
그러니 당신을 아프게 한 길에서 멀찍이 비켜서기를.

꽃

사랑하는 사람과 함께하는 순간이 너무 예뻐서

이 순간을 무엇으로 표현할까 하다가 꽃을 쳤다.

등잔

등잔 밑이 어둡다는 말처럼 가까운 곳에 그늘이 진다. 세상에는 나를 소홀히 대한 사람보다 내가 신경 써주지 못한 인연이 의외로 더 많다. 그늘에 가려진 소중한 사람들을 잊지 않아야 하는데 나는 뭐가 어려운지 자꾸 그늘 밖에 서곤 한다. 고마운 마음이 들면 감사하다는 작은 쪽지를 전하는 게 당연하지 않아서, 고맙다는 말조차 입 밖으로 꺼내지를 못해서 내가 누군가의 호의를 당연한 듯 받아들이는 걸로 보이는 것.

철이 없어서 감사하는 방법을 몰랐다고 치자. 나를 위해 누군가가 마음을 써준 적이 없어서 낯설다고 하자. 쉬운 말 하나를 못해서 지금까지도 전하지 못한 고마움이 이제는 익을 만큼 익어서 이 기회를 빌려 인사하려고 한다.

그때 나를 위해 힘써주어서 고맙습니다.
그 도움이 없었더라면 지금의 나는 울고 있었을지도 몰라요.

방향

마음이 얼마나 뜨거운지 그건 아무런 상관이 없다.
그 사람이 나를 위해 버리는 것들이 얼마나 많은지 그것도 상관
이 없다.

중요한 건 방향이다. 같은 곳으로 나아갈 수 있는 힘.
내가 걷는 방향으로 서서 옆에서 말동무가 되어주며 걷는 것.
결혼을 한다면 나와 걷는 것을 좋아하는 사람을 만나야겠다.

같은 곳으로 늙어갈 줄 아는 사람.
같은 곳으로 가는 따뜻함.

누군가를 사랑하기 위해서는 공원을 함께 걷는 것부터 시작하라.
바람이 불고 어둠은 내려앉겠지만 그렇게 오래 걸어보아라.

결국, 사랑은 같은 곳으로 걷는 일이니까.

청춘의 최선

요즘은 고민이 없으면 청춘이 아니라고 할 정도로 많은 청춘들이 고민을 갖고 있다. 당장 대학교에 다니는 것도 빚을 내서 다녀야 하는 학생들이 많고 그렇게 해서 학교에 가면 또 친구관계를 비롯한 많은 관계에 스트레스를 받는다. 다 살자고 발버둥치는 것일 텐데 세상이 뭐 이리 각박해졌나 싶다.

오랜만에 중학교 때 친구를 만났다. 친구는 힘든 일이 많다고 했다. 오늘을 버텨내기도 힘든데 미래는 또 어떻게 상상하는지 도무지 모르겠다고 했다. 나는 끄덕이면서 친구의 얼굴을 살폈다. 고민을 덜자고 나온 자리일 텐데, 얘기를 하면서 또 다른 고민이 생기지 않을까 조금 걱정이 됐다.

나 어렸을 때는 공부가 전부인 줄 알았다. 초등학교, 중학교, 고등학교를 다니면서 '저렇게 공부를 잘하는 친구는 인생이 곧게 필 날만 남아서 좋겠지'라며 부러워하기도 했다.

하지만 사회에 나와 보니 공부가 전부는 아니었다. 세상은 아주 작고 다양한 각자의 색이 모여 이루어진 공간이었던 것이다. 공부는 누구나 하면 잘할 수 있다. 시간을 쏟은 만큼 결과가 나오기도 한다. 그렇지만 자기의 색을 가지는 것. 그게 어렵다는 거다. 이미 수많은 색으로 물들여진 세상에 신선하고도 차별화되는 나의 색을 보여주어야만 그제서야 쓸 만하다는 소리를 듣는 게 현실이라는 거다.

기대치가 너무 높으면 기대를 하지 않았을 때 정말 괜찮은 선물이라 생각한 것도 바닥이 될 때가 있다. 다이아몬드 반지를 바라고 있다가 길가에 핀 꽃으로 만들어준 꽃반지를 손에 끼워주면 실망하는 것과 같다. 실은 그 꽃반지가 선물하기에는 더욱더 어렵고, 일상적이고, 정성스러운 건데.

꽃반지 받는 것에 휘청할 줄 알면 보이지 않았던 행복이 가득할 것이다. 기대치가 낮아졌으니 길거리를 함께 걸어주는 것에도 감동을 받고, 발이 아프다고 하는 나를 위해 약국으로 달려가는 뒷모습을 보면서 울컥하기도 할 테지.

사는 것도 똑같다. 친구에게도 그렇게 전했다. 네가 가진 삶을 너무 기대하진 말라고. 너의 삶은 다이아몬드처럼 단단하지 않아서 자주 흔들리고 어딘가로 날아갈 수도 있다고. 하지만 너는 길가에 핀 꽃처럼 누군가에게 행복이 되어주는 사람이라고.

네가 가진 색을 응원할 테니 그대로 가라고.
모든 게 잘 안 풀리는 지금 이 시간을 허비하고 있다고 생각할 수도 있겠지만

네가 할 수 있는 최선이라면 낭비가 아니라고.
가던 길 가면 된다고.

핑계

달 예쁜 날
우리 만나자.

어차피 널 바라보느라
내가 좋아하는 달은 못 볼 테지만
그 핑계로 한 번 더 볼 수 있게
내 마음에 널 담을 수 있게.

관계

그대를 형편없이 대하는 사람이

그대를 떠나간다고 하더라도

좋은 사람을 잃은 쪽은

그대가 아니라 상대방이니

하나도 슬퍼하는 일 없기를.

슬프더라도 금방 그치기를.

터널

긴 터널을 걷고 있어요.
비를 맞지 않아도 되고
눈을 맞지 않아도 돼요.
바람도 나를 흔들리게 하지 않고
어디로 갈지 생각하지 않아도 돼요.

그저 앞으로만 걸어요.
터널을 걷는다고 생각해요.
그러다 보면 우울도 끝나갈 거예요.
우울할 때는 터널을 걸어요.

길게 생각하지 않아도 돼요.
우울을 긴 터널을 걷는 일이라고 생각해요.
앞으로만 걸으면 빛이 기다리고 있을 거라고.

꿈의 조각

흔히들 꿈을 크게 가지라고
그러면 깨져도 조각이 크다고 말하지만

의지도 목표도 없이 크게 가지기만 하면
아무것도 얻지 못하고
경험이라 포장된 조각에 찔리는 법이니
우리는 견고한 꿈을 품을 줄 알아야 합니다.

그 누구의 만류에도 나아갈 수 있는 힘.
그런 게 꿈인 거죠.

그냥 되겠지 하고 마는 꿈이 아니라.

저항

나를 힘들게 하는 무엇에 맞서기 위해서는
나의 능력을 키우는 법밖에 없었다.
슬픔을 갈구하는 마음도 그뿐이었다.
내가 먼저 큰 사람이 되어야 했다.

답정너

주변에서 연애문제를 물어오면 나는 잘 모르겠다고 대답한다. 그 사람과 내가 사랑을 한 것도 아닐뿐더러 지금 내가 그 사람을 사랑하고 있는 것도 아니니 잘 모르는 것이 당연하다. 누가 봐도 잘못한 것들은 "이렇게 하는 게 좋지 않을까?", "나라면 이랬을 거야"라며 말하기도 하지만 그 사람을 알아야만 알 수 있는 것. 예를 들면 "그 사람이 지금 뭐라고 생각할까?", "그 사람이 어떤 마음일까?"와 같은 것. 그 사람이 아니라면 추측할 수도 없는 것들은 잘 모르겠다고 답한다.

연애고민은 들어주는 것이 아니라고들 한다. 나도 어느 정도 동의한다. 답답하고 힘들겠지. 그렇지만 둘의 문제는 그 둘에서 끝나야 한다. 남들의 생각을 빌리다 보면 나의 생각으로만 이루어진 사랑을 할 수 없다. 그리고 시간을 내어서 내 생각을 말해주면 뭐하나. 다들 자기가 이끌리는 행동을 하는 게 대부분이다.

어차피 자신의 마음이 이끌리는 대로 행동할 거라면 남에게 물어보는 일이 없었으면 한다. 고민을 들어주는 사람은 당신의 사연에 시간을 빼앗기면서도 최대한 도움이 될 만한 이야기를 해주는 것이니까. 어차피 마음이 이끌리는 대로 할 거라면 스스로에게 솔직해지는 편이 결정에 훨씬 도움이 될 것이다.

누가 봐도 헤어지는 게 최선이라서 헤어지는 게 나을 것 같다고 말해도 당신은 끝내 헤어지지 않을 것이다.

답은 이미 정해져 있지 않은가.

침묵

100번 아파서 100번 표현한 사람보다
100번 아파서 1번 표현한 사람이
더 힘들고 슬픔의 크기가 커 보이는 것처럼.

말이라는 건 어쩌면 아끼면 아낄수록
힘이 더 커지는 것일지도 모르겠다.

진정

사랑을 자꾸 확인하는 당신의 모습에서
불안하고 조심스러운 마음을 보았으니
그저 그런 밤이 우리에게 찾아올 때면
나는 당신의 손을 잡고 사랑한다고 속삭이는 수밖에 없었지.

그게 내가 가진 마음의 전부였으니.

카페

당신이 좋아하는 카페에 가고 싶어요. 차가운 물을 마셔도 따뜻할 것 같아서.

좋은 음식과 좋은 풍경은 따로 있는 게 아니죠. 당신과 함께하면 안 좋은 것은 굳이 따지자면 이별뿐이에요. 당신과 나 사이의 거리, 그 거리를 좁히기 위해 수많은 별들에게 기도를 했었죠. 당신의 손을 바라보면서 언젠가 저 손을 잡고서 사랑한다 말할 수 있기를 소망했죠.

기억나나요. 우리 처음 본 날.

그때는 말도 없고 참 어색했는데 지금은 서로에게 필요한 존재가 됐어요.

신기하지 않나요, 당신도.

길게 꾸는 꿈처럼 믿을 수 없는 일들이 우리 안에서 펼쳐지고 이어지는 게.

과정

힘들어하는 게 당연해.

네가 겪은 아픔을 나는 이해해.

세상에 일부러 실수를 하는 사람이 어디 있겠어.

다 부족하고 미숙한 탓에 저지르는 것이지.

너무 좌절하지 말고 상심하지 마.

다음에 더 신경 쓰고 조심해서

더 나은 내가 되어 가면 되는 거니까.

마음

작은 마음일수록 소중하고 조심스럽게 다뤄야 한다.

내 마음이 더 크다고 해서 함부로 할 수 있는 것은 없으니.

달

하늘도 예쁘고 달도 예쁜 날에 너는 오죽할까.

미안함

별게 다 미안한 사람이 있고 별게 다 고마운 사람이 있다.
어느 쪽의 사람이 긍정적인 추억을 만들까.

우리 미안함보다는 고마움을 노래하는 사람이 되자.
사랑하는 사람에게 고마움을 말할 줄 아는 사람으로 기억되자.

사소한 것에 감사하다 보면 기억도, 사랑도
예쁘게 남아 있을 테니까.

"나 때문에 괜히 여기까지 왔네, 미안해."

"힘든데도 나랑 함께 해줘서 고마워."

혼란

나는 한창 혼란스러울 때가 있었다. 그때가 어느 쯤이었나. 아마 사랑 때문에 힘들었던 시절이었겠다. 사람을 믿었다. 사랑은 자연스레 뒤따라온 결과와 같은 것이었고 나는 그 순간을 즐기자고 생각했다.

나는 그 사람을 믿었기에 그 사람이 하는 말에 반박을 할 생각도 없었으며, 다른 생각을 품어본 적도 없었다. 언제나처럼 따스하기만 한 사랑인줄 알았는데 아쉽게도 그런 건 없었다.

다툼도 겪었고 불신도 했었다. 당신은 나를 실망시켰고 나는 하나 둘씩 잃어가는 믿음 앞에서 어떤 마음을 믿어야 할지 고민이 되었다. 그때 나는 그 사람을 믿어야 했을까 나를 믿어야 했을까.

떠오르는 추억 앞에서 나는 묻는다. 그때 내가 믿어야 했던 감정은 무엇일까. 믿음과 불신 사이에서 헤매던 나는 어디로 가야 했을까. 드러난 사실을 사실이 아니라고 부정해야 했을까.

바보같이 나는 또 당신을 믿어야 했을까.

용서는 남이 아니라 '나' 편하려고 하는 것처럼 믿음도 똑같은 게 아닐까? 믿지 않으면 불편하고 그냥 믿는다고 생각해버리면 편해지는 것처럼.

용서와 믿음은 어쩌면 공생하는 존재일지도 모르겠다.

곁

어느 날 누나에게서 연락이 왔다. 엄마가 아프다는 얘기였다. 그렇게 심각한 이야기는 아니었지만 나는 조금 두려웠다. 부모 없는 세상이 두려웠다.

나는 성인이 되면서 일찍 경제적 독립을 했다. 처음에는 용돈을 받지 않는 정도였지만 나중에는 용돈을 드리는 자식이 되었다. 그럼에도 나는 여전히 어리고 부모 없는 세상이 두려운 작은 아들일 뿐이다. 아마 이건 영원할 것이다.

당연하게 내게 있어줄 사람이 얼마나 될까. 영원히 나를 사랑하고 품어줄 사람. 감싸줄 사람. 모든 부모가 다 그렇다고는 할 수 없지만 그것도 아주 소수일 뿐. 자식을 소중하게 생각하는 건 누구나 똑같다. 다만, 표현하지 못할 뿐.

그래서 나는 시간을 소중하게 썼다. 옆에 있는 사람에게 한 번 더 고마워했고, 말을 걸었다.

곁에 영원히 있어주는 건 없고, 당연하게 내 곁에 있어줄 사람도 언젠가는 떠나는 법이니까. 부모뿐만이 아니라 내 곁에 머물러 주는 사람들 모두가.

오늘 밤

오늘 밤 나의 마음이 텅 빈 방처럼 허전한 건 무슨 짓을 해도 피해갈 수 없는 세월 같은 것이더라. 작은 선물을 한 것도, 평생 한번 있어보지도 못한 곳에서 나 혼자 몇 시간을 기다리고 있었던 잊지 못할 경험도.

먼지 가득한 서랍장에 내가 너의 책이 되어 꽂혀 있는 듯한 기분이야, 지금까지의 기억은 말이야.

아무리 세찬 비가 내려도 너의 얼굴에 떨어지지만 않으면 나는 우산을 쓴 것이나 다름없었던 그 작은 추억들을, 나는 어쩌면 너무 허전해서 후회해.

다시는 꺼내보지 않겠지.
너는 책을 금방 질려 했으니.

혼자

혼자 있는 게 편해졌어.

정말 내게 필요한 여백만을 남겨두고

철저히 통제하며 살아가는 오늘 새벽 내 마음이

넌 기억할 수 없겠지만 다음을 기약했던 약속을

여전히 담아두고 있어.

내내 쓸쓸히.

네가 침묵하는 일이 없도록

침묵이 너에게로 걸어가지 못하게

열심히 막아보려 발버둥 쳤지만

침묵보다 무서운 건 확신에 가득 찬 너의 말.

되돌릴 수 없음을 직감한 나는 사라지고 싶었어.

양동이에 차오른 빗물만큼이나 내 마음에 차올랐던 너를

저 멀리로 쏟아버리며.

오늘

오늘 나는 정확히 느꼈다.

더 많이 좋아하는 사람이 약자가 될 수밖에 없는 것.

조금이라도 아쉬운 사람은 항상 아쉽다는 것.

생각보다 내가 좋은 사람이라도

내가 좋아하는 사람이 나를 좋아해주지 않으면

결국 나 자신은 만족스러울 수 없다는 것.

항상 알면서도 당하는 게 인생 같다는 것.

지나고 보면 한 순간이지만

막상 스칠 때는 하염없이 흔들리는 삶이라고.

마음이 편한 것

눈이 즐거운 것보다는 마음이 편한 것이 낫다.
그 사람에 맞춰 나를 치장할 필요도 없고
보이지 않는 수준을 맞추기 위해 스트레스 받을 일도,
그 사람의 주변 사람들에게 외적인 아름다움을 인정받을 필요도
없으니.

눈을 의식하게 되는 사람보다는 그날 나의 마음을 의지할 수 있는
그런 든든한 사람이 더 좋다.

불꽃놀이처럼 눈이 즐거운 것들은 금방 끝나기 마련이지만
불꽃놀이를 함께 보면서 은근슬쩍 손을 잡는 그 설레는 마음은
오래오래 남는 것처럼.

결국은 마음이 승리한다.
마음이 끌어당기는 법이니까.

화살

너를 향한 이유 없는 화살에 찔리지 마라.
그것에 의미를 부여하면 찔릴 것이며
크게 신경 쓰지 않으면 빗나갈 것이니까.

2015년 9월 22일 꽃이 지다

시기하고 미워하고 이유 없이 싫어하고 증오하고, 함부로 대하
고, 말로 사람을 죽이고, 다수가 소수를 괴롭히는 것. 또 믿음을
배신하는 것. 그것만큼 잔인한 일도 없다.

꿈도 있고 해내고자 하는 목표도 있고, 아직 하지 못한 효도, 다
른 나라로의 여행 계획도 있었을 것이다. 아주 작고 평범한 일상
을 앗아간 세상의 나쁜 사람들. 분노하고 외치고 호소하며 뒤늦
게 사죄 아닌 사죄를 해도 돌아오지 않는 건 그때 했던 그 행동,
이미 져버린 꽃.

세상은 알 수 없고 마음속 상처도 헤아리지 못하며, 드러나지 않
는 폭력과 언어라는 칼을 들이밀며 상처받은 사람과 그를 감싸
주는 또 다른 사람들에게 두 번의 상처를 준다.

그래서 나는 덜 떨어진 사고와 꼬여버린 시선에게 말한다.

더 이상 꺾인 꽃을 또 꺾지 말라고.

그리고 꺾인 꽃에게도 말한다.

너는 꺾여도 향은 그 자리에 남아 있으니

내가 그 향을 기억하겠다고.

초

누군가에게 좋은 향이 되기 위해
스스로를 태우는 일은 하지 않기를.
타지 않은 초에도 냄새는 있는 법.
그 냄새를 사랑해줄 사람을 만나기를.

그대라는 책을 무작위로 펼쳤을 땐
그 페이지는 생각보다 아름답게 쓰였기를.
고난과 고통과 배신과 불신이 가득해도
결국 따뜻한 사람을 만나 행복했다고 끝이 나기를.

후회

후회 없었으면 된 거야.
너의 진심을 쏟아도 괜찮았고
너의 전부를 걸어도 좋았고
너의 미래를 맡겨도 마음이 놓였다면
그때의 네가 후회하지 않았다면
그냥 그걸로 된 거야.

후회 없던 그때를
뒤늦게 후회할 필요 없어.

비

비 내리는 소리가 좋다는 말이 기억나
나는 창문을 열고 전화를 걸었다.

지금 당신이 좋아하는 비가 온다고
그 핑계로 목소리도 좀 듣자고.

사람

사람은 믿지 않는 나지만 사랑은 항상 믿을 수밖에 없이 다가오고
사랑에 깊게 믿음을 쏟았다가 사람을 믿지 않게 되겠지.

사람에게 상처를 받았을 때 마음에 상처를 남기지 않고
그냥 그럴 수도 있구나 하고 넘기는 여유를 배우면 좋았을 걸.

나를 좋아하는 사람이 있으니 싫어하는 사람 또한 있겠구나 하고
너무 깊이 아파하지 말걸.

예쁜 손

그 예쁜 손을 누가 어루만져주는지
손에 물을 묻히고 살지 않는지
끼니는 까먹지 않는지
혼자 보는 영화에 울지는 않는지
자신을 등 돌린 채 살아가지는 않는지
그리고 가장 궁금한 것 하나,
벌써 나를 삼켜서 소화는 했는지
드러낼 수 없는 궁금증만 안고 삽니다.

영향

나는 술을 잘 못해서 술잔을 부딪히는 것보다 눈을 마주치는 일이 더 좋고, 담배도 피우지 않아서 연기를 내뿜는 것보다 황홀한 말을 더 잘 내뱉는다. 손은 큰 편이어서 내가 사랑하는 사람이 박하사탕을 먹고 싶다고 하면 더 많은 박하사탕을 쥐어줄 수 있고, 사람 위에 올라서는 힘은 없어도 술에 취한 여자친구를 안전하게 집까지 업어줄 수 있는 힘은 있다. 나는 내가 술을 잘 못한다고, 몸이 좋지 않다고 절대 좌절하지 않는다. 혹여나 내가 부족하고 단점처럼 보이는 부분이 있더라도 그 부분을 잘 생각하고 활용한다면 충분히 내가 좋아하는 사람에게, 나를 좋아해주는 사람에게 더 좋은 영향을 줄 수 있는 거니까. 나는 내 단점마저도 사랑할 것이다. 부끄럽지 않은 좋은 단점이 되도록. 그러니 당신도 그랬으면 좋겠다.

센스

우리가 살고 있는 세상은 센스 있는 사람을 좋아한다. 말하지 않아도 나를 잘 알아주고 조금씩 챙겨주는 듯한 기분을 느끼게 해주는 사람. 아마도 그런 사람들을 싫어할 수는 없을 것이다. 그럼 그 센스는 어디서 오나. 그게 의문일 텐데, 좋은 센스란 마음에서 자연스레 나오는 것이다.

내가 누군가를 얼마나 애정하느냐에 따라서 그 사람의 마음에 무엇이 비어 있는지, 어떤 감정이 부족한지. 지금 그 사람에게 필요한 것이 무엇인지 알아서 내 마음이 눈치를 채기 때문에 그걸 행동으로 보여주기만 하면 나는 센스 있는 사람이 되어버린다.

하지만 여기서 내가 말하고 싶은 건 때때로 센스보다 더 중요한 것이 있다는 것이다. 내가 말하지 않아도 알아주는 그 마음도 참 좋고 환상적인 거지만 이러나저러나 내가 말을 했을 때 귀 기울

여 들어주는 것. 누군가를 좋아한다고 하면 그게 제일 필요한 게
아닐까.

말하지 않은 마음을 귀신 같이 알아준다 한들
정작 내가 말하는 것들이 무시당하면 그건 더 최악인 셈이니까.

나는 적어도 내가 좋아하는 사람이 말하는 것들을 놓치지 않아
야겠다고 그런 센스를 키워야겠다고 다짐을 하게 되었다.

외로움을 파는 곳

나는 그런 생각이 들었다. 내가 만약 하루에 잠을 2~3시간밖에 자지 못한 채 출근하기 위해 지하철 쪽으로 뛰고 있다가, 며칠 전에 가게를 비우고 임대를 하던 곳에 '외로움을 파는 곳'이라는 가게가 생겼다면 이 걸음을 멈출 것인가, 계속 갈 것인가 하는 의문 말이다.

물론 처음에는 출근을 위해 그냥 가겠다고 생각했지만 나중에라도 무조건 시간을 내서 찾아갈 것 같은 확신이 들었다. 또 만약 그런 가게가 있다면 누군가는 분명히 외로움을 사게 될 것이라는 느낌 또한 들었다. 이건 확실하다.
그렇기 때문에 나는 외로움에 관해 당신에게 말을 하려고 한다.

당신도 지금 외로울 수 있고 그 외로움이 싫을 수도 있다. 하지만 누군가는 당신이 싫어하는 그 외로움을 찾는 사람도 있고, 당신이 가진 외로움이 필요하지 않은 것 같다고 느껴져도 때로는 우리에게 외로움이 있어야 하는 시기가 분명히 존재한다는 것이다.

그걸 인정을 못하고 벗어나려고만 한다면 제대로 외롭지 못해서 또 다른 문제가 발생하게 되고 그렇게 되면 당신은 외로운 채 괴로운 사람이 되는 것이다.

지금 외롭다고 너무 절망하지 마라. 외로운 것도 제대로 느껴봐야 안다.
그냥 이것만 기억해라. 외로워도 아름다운 사람이 되면 된다고.

에필로그

책을 쓰는 동안 많은 계절이 바뀌었습니다. 춥다가 덥다가 했죠. 더위를 지독히 싫어하는 저는 괴로워하면서도 글을 멈추지는 않았어요. 어느새 제가 가진 삶의 많은 부분을 차지하고 있더군요. 글이라는 건 내가 가진 마음을 새롭게 알게 되는 통로이기도 한 것 같아요. 첫 번째로 출판했던 『무너지지만 말아』가 생각보다 큰 사랑을 받았습니다. 물가에 내놓은 자식처럼 안절부절못하고 무섭기도 했지만 많은 응원을 받아서인지 이렇게 또 글을 쓰네요. 부족한 글입니다. 나아진 것 같지 않습니다. 『다정하게』를 새롭게 출판하게 되어 영광이기도 하지만 더 나은 글을 쓰기 위해 저는 항상 글을 쓸 것입니다.

사람 때문에 다친 것들이 많고, 잃은 것들이 많지만 왠지 제 앞에 펼쳐진 하루하루 속에서 사소하게 웃을 일이 많을 것 같은 예감이 듭니다. 여행을 갈 생각입니다. 제가 살아온 곳에서 떠나봐야 제대로 된 나를 알 것 같아서 나태하고 게으른 여행을 하려고 합니다. 이번 책도 사랑해주셔서 고맙습니다. 술은 못하지만 사람은 좋아하는 제가 권합니다. 옆에 있는 사람들에게 늘 다정하게, 따뜻한 사람으로 남으면 어떻겠냐고.

◆

사람과 사랑에게

따스히 다정하게

미지근히 오래가는 게

자극적이지 않고 좋으니까